Wie findet man in Amerika einen ehemaligen US-Soldaten, von dem man nicht viel mehr weiß, als daß er in England sein Kind im Stich gelassen hat und ausgerechnet auf den Allerweltsnamen George Brown hört? Die unternehmungslustige Raumpflegerin Ada Harris – die mancher Leser vielleicht schon aus Paul Gallicos Roman «Ein Kleid von Dior» (rororo Nr. 640) kennt – macht sich unerschrocken mit ihrem kleinen Schützling Henry auf den Weg; ein wenig außerhalb der Legalität zwar, doch dafür um so zielstrebiger. Denn zu allem Unglück hat Henrys Mutter sich ebenfalls aus dem Staube gemacht, in anderer Richtung. Mrs. Harris jedoch, diese jugendliche Sechzigerin mit dem goldenen Herzen, wünscht sich nichts so sehr, wie daß der Junge, dem es bei seinen Pflegeeltern nicht gerade gut geht, das Lachen wieder lernt. Der Vater muß gefunden werden. Als Mrs. Harris ihn nach vielerlei Abenteuern schließlich auftut, vergeht freilich ihr das Lachen . . .

Paul Gallico, der charmante Erzähler, hat einen neuen kurzweiligen, von leisem Humor getragenen Roman geschrieben, der glänzend unterhält und doch auch ein wenig besinnlich stimmt.

Paul William Gallico wurde am 26. Juli 1897 als Sohn eines Einwanderers aus Triest in New York geboren. Sein Vater war Pianist, die Mutter Geigerin. Der junge Paul bereiste mit seinen Eltern Europa, er ging in New York zur Schule und besuchte die Columbia University. Gallico war ein begeisterter Sportler, und um über dieses Gebiet authentisch schreiben zu können, übte er fast ein Dutzend Sportarten aus. Er boxte gegen Jack Dempsey und schwamm gegen Johnny Weissmüller. Als er 1936 beschloß, den Journalismus aufzugeben und freier Schriftsteller zu werden, war er der höchstbezahlte Sportberichterstatter Amerikas. Paul Gallico, der auch als Bühnenautor hervortrat, starb am 15. Juli 1976 in Monte Carlo.

Als rororo-Taschenbücher erschienen von Paul Gallico: «Meine Freundin Jennie» (Nr. 499), «Thomasina oder Die rote Lori» (Nr. 750), «Ferien mit Patricia» (Nr. 796), «Die Affen von Gibraltar» (Nr. 883), «Immer diese Gespenster!» (Nr. 897), «Waren Sie auch bei der Krönung?» (Nr. 1097), «Jahrmarkt der Unsterblichkeit» (Nr. 1364), «Freund mit Rolls-Royce» (Nr. 1387) und «Mrs. Harris fliegt nach Moskau» (Nr. 4239).

Paul Gallico

Der geschmuggelte Henry

Roman

Rowohlt

Die Originalausgabe erschien bei Doubleday & Company, Inc.,
New York, unter dem Titel «Mrs. Harris goes to New York»
Aus dem Amerikanischen übertragen von Hansjürgen Wille
und Barbara Klau
Umschlagentwurf Jürgen und Cornelia Wulff

241.–243. Tausend März 1989

Veröffentlicht im Rowohlt Taschenbuch Verlag GmbH,
Reinbek bei Hamburg, Januar 1965
Copyright © 1960 by Paul Gallico
Copyright © 1959 by McCall Corporation
Gesetzt aus der Linotype-Aldus-Buchschrift
und der Palatino (D. Stempel AG)
Gesamtherstellung Clausen & Bosse, Leck
Printed in Germany
680-ISBN 3 499 10703 1

Für Ginnie

Der Marquis Hypolite de Chassagne ist natürlich nicht der französische Botschafter in den Vereinigten Staaten. Er ist nur der gute Geist aus einem modernen Märchen. Auch Mrs. Harris, Mrs. Butterfield oder Schreibers wird man unter der genannten Anschrift nicht finden, denn in dieser Geschichte ist jeder und alles erfunden. Wenn allerdings die auftretenden Figuren nicht irgend jemandem ähneln, dem der Leser irgendwo irgendwann begegnet ist, dann hat der Verfasser versäumt, dem Leben einen kleinen Spiegel vorzuhalten, und dehnt sein Bedauern auf alle und jeden aus.

P. W. G.

1

Mrs. Ada Harris und Mrs. Violet Butterfield, Willis Gardens Nr. 5 und 7, Battersea, London, tranken ihre abendliche Tasse Tee in Mrs. Harris' sauberer, mit Blumen geschmückter kleiner Wohnung im Kellergeschoß von Nr. 5.

Mrs. Harris war eine jener tatkräftigen Londoner Reinemachefrauen, die täglich ausziehen, um die größte Stadt in der Welt aufzuräumen, und ihre alte Busenfreundin, Mrs. Butterfield, arbeitete stundenweise als Köchin und Zugehfrau. Beide hatten eine vornehme Kundschaft in Belgravia, wo sie den Tag über allerlei erlebten und hier und dort kleine Brocken Klatsches von den komischen Leuten auflasen, bei denen sie arbeiteten. Und abends tauschten sie bei einer letzten Tasse Tee diese Neuigkeiten aus.

Mrs. Harris war sechzig, klein und zierlich, mit roten Apfelbäckchen und beinahe frechen kleinen Augen. Sie war sehr tüchtig und praktisch, neigte aber dennoch zu Romantik und Optimismus und sah das Leben schwarz oder weiß. Mrs. Butterfield, ebenfalls sechzig, eine rundliche, freundliche, schüchterne Frau dagegen war ein Pessimist, wie er im Buche steht, der alle Menschen und auch sich selbst beständig am Rande eines drohenden Unglücks sieht.

Die beiden guten Damen waren schon lange Witwen. Mrs. Butterfield hatte zwei verheiratete Söhne, die sie beide nicht unterstützten, was sie auch gar nicht überraschte. Es hätte sie erstaunt, wenn sie es getan hätten. Mrs. Harris hatte eine verheiratete Tochter, die in Nottingham lebte und ihr jeden Donnerstagabend schrieb.

Die beiden Frauen führten ein nützliches, tätiges und interessantes Leben, stützten einander äußerlich und innerlich und trösteten sich gegenseitig in ihrer Einsamkeit. Mrs. Butterfield war es gewesen, die vor etwa einem Jahr für eine Zeit Mrs. Harris' Kundschaft übernommen und ihr dadurch den aufregenden und romantischen Flug nach Paris ermöglicht hatte, den sie nur unternahm, um ein Kleid von Dior zu kaufen. Diese Trophäe hing jetzt in Mrs. Harris' Schrank als tägliche Erinnerung daran, wie wunderbar und abenteuerlich das Leben sein kann, wenn man es mit etwas Energie, Beharrlichkeit und Phantasie dazu macht.

Die beiden Frauen saßen behaglich beim Schein der Lampe in Mrs. Harris' blitzsauberer Wohnung, mit der heißen, duftenden Kanne Tee unter der geblümten Haube vor sich, die Mrs. Butterfield für

Mrs. Harris zu Weihnachten gestrickt hatte, und plauderten über die Ereignisse des Tages.

Das Radio war angestellt, und eine Reihe schauerlicher Laute kam heraus. Es war eine Schallplatte von Kentucky Claiborne, einem echten amerikanischen Hillbilly-Sänger.

«Und so sagte ich zu der Gräfin: ‹Entweder ein neuer Hoover, oder ich gehe›», erzählte Mrs. Harris. «‹Das Ding taugt nichts mehr.› – ‹Liebe Mrs. Harris›, sagte sie, ‹können wir das nicht auf nächstes Jahr vertagen?› Das könnte ihr so passen. Jedesmal, wenn ich das elende Ding anfasse, bekomme ich einen Schlag bis in die Zehen hinunter. Ich stellte ihr ein Ultimatum: ‹Wenn morgen früh kein neuer Hoover hier ist, dann werfe ich die Schlüssel durch die Tür›», schloß Mrs. Harris. Die Wohnungsschlüssel durch den Briefkastenschlitz werfen, war die klassische Kündigungsform der Reinemachefrauen.

Mrs. Butterfield trank einen Schluck Tee. «Es wird keiner da sein», sagte sie düster. «Ich kenne diese Sorte. Sie geben jeden Penny aus, um sich selbst zu behängen, und alles andere ist ihnen gleich.»

Aus dem Lautsprecher des kleinen Tischrundfunks grölte Kentucky Claiborne:

> *«Küß mich zum Abschied, alte Kajuse.*
> *Küß mich, du altes Pferd.*
> *Verweigere es nicht!*
> *Schlechte Menschen haben mich angeschossen –*
> *Ach, ich fürchte, sie haben mich getroffen!*
> *Küß mich zum Abschied alte Kajuse.»*

«Huh», sagte Mrs. Harris, «ich kann diese Katzenmusik nicht mehr ertragen. Würdest du sie bitte abstellen?»

Mrs. Butterfield beugte sich gehorsam hinüber, stellte das Radio ab und sagte: «Es ist wirklich traurig, angeschossen zu sein und zu wünschen, daß sein Pferd ihn küßt! Nun werden wir nie erfahren ob es das getan hat.»

Dennoch sollten sie es erfahren, denn die Leute in der Nachbarwohnung waren offensichtlich begeisterte Anhänger des amerikanischen Schlagersängers, und die Ballade von Tod und Liebe im Wilden Westen sickerte durch die Wand. Noch ein anderer Laut drang in die Küche, in der die beiden Frauen saßen, ein dumpfer Schlag und dann ein Schmerzensgewimmer, woraufhin sofort der Rundfunk nebenan lauter gestellt wurde, so daß die Klänge der Gitarre und Kentucky Claibornes nasales Gegröle die Schreie übertönten.

Die beiden Frauen erstarrten, und ihre Gesichter wurden grimmig und bekümmert zugleich.

«Die Teufel», flüsterte Mrs. Harris. «Sie prügeln den kleinen Henry schon wieder.»

«Ach, das arme Lämmchen», sagte Mrs. Butterfield, und dann: «Ich höre ihn gar nicht mehr.»

«Sie haben den Rundfunk so laut gestellt, damit wir es nicht hören.» Mrs. Harris ging an eine Stelle der die Häuser trennenden Mauer, wo sie, weil es dort anscheinend einmal eine Durchstiegluke gegeben hatte, dünner war, und trommelte mit den Knöcheln dagegen. Fast unmittelbar darauf ertönte ein ebenso starkes Getrommel auf der anderer Seite.

Mrs. Harris hielt ihren Mund dicht an die Wand und schrie: «Hören Sie auf, das Kind zu schlagen! Wollen Sie, daß ich die Polizei rufe?»

Worauf klar und deutlich von drüben eine Männerstimme herüberschallte: «Waschen Sie sich erst einmal Ihre Ohren! Wer schlägt denn hier jemand?»

Die beiden Frauen standen beklommen lauschend dicht an der Wand, aber keine weiteren Klagelaute waren zu vernehmen, und bald wurde auch der Rundfunk wieder leiser.

«Die Teufel», zischte Mrs. Harris noch einmal. «Das Schlimme ist, daß sie ihn nicht so heftig schlagen, daß man Striemen sieht, sonst könnten wir den ‹Verein zum Schutz der Kinder vor Grausamkeit› anrufen. Ich werde ihnen aber morgen früh gründlich Bescheid sagen.»

Mrs. Butterfield sagte traurig: «Das wäre nicht gut, denn sie lassen's dann nur an ihm aus. Gestern habe ich ihm ein Stück Kuchen gegeben, das ich noch vom Tee übrig hatte. Aber da stürzte sich die ganze Gusset-Brut auf ihn und riß es ihm weg, bevor er auch nur einen Bissen davon gegessen hatte.»

Zwei Tränen der Enttäuschung und Wut erschienen plötzlich in Mrs. Harris' blauen Augen, und sie erleichterte sich selbst durch eine Reihe sehr unfeiner und nicht für den Druck geeigneter Worte, mit denen sie die Familie Gusset von nebenan beschrieb.

Mrs. Butterfield klopfte ihrer Freundin auf die Schulter und sagte: «Nun, nun, Liebe, reg dich nicht so auf. Es ist eine Schande, aber was können wir dagegen tun?»

«Wir können etwas tun», erwiderte Mrs. Harris leidenschaftlich. Dann wiederholte sie: «Ja, wir können etwas tun. Ich kann das nicht aushalten. Er ist ein so lieber kleiner Kerl.» Ihre Augen funkelten. «Ich wette, wenn ich nach Amerika führe, würde ich seinen Vater schnell finden. Irgendwo muß er doch schließlich sein, und sein Herz verzehrt sich sicher nach seinem Kleinen.»

Mrs. Butterfield machte ein entsetztes Gesicht. Ihr Doppelkinn begann zu beben, und ihre Lippen fingen an zu zittern.

«Ada», stammelte sie, «du denkst doch nicht daran, nach Amerika zu fahren?» Sie hatte es noch frisch im Gedächtnis, daß Mrs. Harris verkündet hatte, sie begehre nichts mehr in der Welt als ein Kleid von Dior, und daß sie dafür zwei Jahre lang geknausert und gespart hatte. Dann war sie nach Paris geflogen und triumphierend mit dem Kleid zurückgekehrt.

Zu Mrs. Butterfields großer Erleichterung waren ihrer Freundin aber Grenzen gesetzt, denn Mrs. Harris jammerte: «Wie kann ich das? Aber es bricht mir das Herz. Ich kann es nicht ertragen, zusehen zu müssen, wie ein Kind mißhandelt wird. Er ist so dürr und mager, daß er nicht einmal auf einem Fleischpolster sitzen kann.»

Alle in Willis Garden kannten die Geschichte des kleinen Henry Brown und der Gussets. Eine Tragödie der Nachkriegszeit, wie es sie nur leider allzu oft gab.

Im Jahre 1950 hatte George Brown, ein auf irgendeinem amerikanischen Luftstützpunkt in England stationierter Flieger, eine Kellnerin aus der in der Nähe gelegenen Stadt geheiratet, ein Mädchen namens Pansy Cott, und sie hatten einen Sohn bekommen, den sie Henry tauften.

Als George Brown seinen Militärdienst beendet hatte und in die Vereinigten Staaten zurückkehren sollte, weigerte sich die Frau, ihn zu begleiten. Sie blieb mit dem Kind in England und verlangte von ihrem Mann, daß er sie unterhielt. Brown schickte ihr aus Amerika für das Kind wöchentlich einen Dollarbetrag in Höhe von zwei Pfund und ließ sich von seiner Frau scheiden.

Pansy und Henry zogen nach London, wo Pansy eine Stellung bekam und einen anderen Mann kennenlernte, der sie heiraten wollte. Aber er wollte von dem Kind nichts wissen, und der Preis dafür, daß er sie zu seiner Ehefrau machte, war, daß sie sich von dem Jungen trennte. Pansy gab darauf sofort den damals drei Jahre alten Henry in eine Familie namens Gusset (die in Willis Gardens lebte und in der es schon sechs Kinder gab), heiratete ihren Geliebten und zog in eine andere Stadt.

Drei Jahre lang zahlte Pansy pünktlich jede Woche das Pfund, das sie für des kleinen Henrys Unterhalt den Gussets zu zahlen versprochen hatte (wodurch ein Pfund für sie selber übrigblieb), und wenn Henry auch nicht gerade verwöhnt wurde, so hatte er es doch nicht viel schlechter als die Sprößlinge der Gussets. Aber eines Tages traf das Pfund nicht ein, und von da an kam es überhaupt nicht mehr. Pansy und ihr neuer Mann waren verschwunden und blieben unauffindbar. Die Gussets hatten eine Adresse des Vaters George Brown irgendwo in Alabama. Ein Brief, in dem sie das Geld von ihm forderten, kam mit dem Stempel «Adressat unbekannt» zurück. Den Gussets wurde klar, daß sie das Kind nun auf dem Buckel hatten, und von da an verschlechterte sich Henrys Lage.

Die Nachbarschaft merkte bald, daß die Gussets, die sich sowieso keines guten Rufes erfreuten, es das Kind entgelten ließen. Der kleine Henry war zu einem Gegenstand tiefer Sorge für die beiden Witwen geworden, die neben den Gussets wohnten, aber besonders für Mrs. Harris, deren Herz das arme Waisenkind rührte und dessen schlimme Lage ihr Tag und Nacht keine Ruhe ließ.

Wären die Gussets brutaler und grausamer zu dem kleinen Henry gewesen, dann hätte Mrs. Harris zusammen mit der Polizei drastisch dagegen einschreiten können. Aber das Ehepaar Gusset war dafür zu gerissen. Niemand wußte genau, wovon Mr. Gusset seine Familie ernährte, aber er arbeitete in Soho, manchmal die ganze Nacht hindurch, und alle waren einmütig der Ansicht, daß es eine etwas anrüchige Beschäftigung war.

Nun, was es auch sein mochte, es war bekannt, daß die Gussets ängstlich darauf bedacht waren, die Aufmerksamkeit der Polizei nicht auf sich zu lenken, und darum, soweit es den kleinen Henry betraf, sich strikt an das Gesetz hielten. Sie wußten sehr wohl, daß die Polizei nur in Fällen äußerster und sichtbarer Grausamkeit zugunsten eines Kindes eingreifen konnte. Niemand vermochte aber zu behaupten, daß der Junge Hunger litt oder gequält wurde. Mrs. Harris wußte jedoch, sein Leben war eine Hölle knapper Rationen, Püffe, Schläge, Flüche, womit die Gussets sich für das Aufhören der Zahlungen rächten.

Er war das Aschenbrödel und der Prügelknabe der schlampigen Familie, und jedes ihrer eigenen Kinder, zwei Mädchen und vier Jungen von drei bis zwölf Jahren, konnte ihn kneifen, treten und mißhandeln, ohne daß jemand sie dafür bestrafte. Aber das Schlimmste von allem war, daß das Kind ohne jede Liebe oder Zärtlichkeit aufwuchs. Im Gegenteil, es wurde gehaßt, und Mrs. Harris und Mrs. Butterfield fanden, das war das Allertraurigste.

Mrs. Harris hatte selber viele Schläge aushalten müssen; in ihrer Welt war das die Regel, mit der man sich abzufinden hatte. Aber sie hatte ein warmes und mitfühlendes Wesen, hatte ihr eigenes Kind erfolgreich aufgezogen, und was sie von dem kleinen Jungen nebenan und der Behandlung, die man ihm angedeihen ließ, sah, begann zu einer wahren Folter für sie zu werden, zu etwas, das sie beständig verfolgte und an das sie fast immer denken mußte. Oft, wenn sie, wie es ihre Art war, froh und heiter mit nicht unterzukriegender guter Laune ihrer Arbeit nachging oder sich mit ihren Brotgebern und Freunden unterhielt, überfiel sie plötzlich der quälende Gedanke an die schlimme Lage des kleinen Henry. Dann versank sie in einen ihrer Tagträume, wie jenen, der sie vor einem Jahr veranlaßt hatte, zu dem großen Abenteuer ihres Lebens nach Paris aufzubrechen.

Der neue Tagtraum nahm die Gestalt eines jener Kitschromane an, die Mrs. Harris gierig in den vielen Zeitschriften verschlang, die ihre Brotgeber ihr gaben, wenn sie selber sie ausgelesen hatten.

Nach Mrs. Harris' Meinung – und übertragen auf den Traum – war Pansy Cott, oder wie ihr neuer Name lauten mochte, der Bösewicht der Geschichte, der verschollene Flieger Brown der Held und der kleine Henry das Opfer. Von einem war Mrs. Harris felsenfest überzeugt, daß nämlich der Vater den Unterhalt des Kindes bezahlte und daß Pansy einfach das Geld einsteckte. Es war alles Pansys Schuld – Pansy, die sich geweigert hatte, ihren Mann nach Amerika zu begleiten, wie es ihre Pflicht als Frau war; Pansy, die ihm das Kind vorenthalten hatte; Pansy, die einem Liebhaber zu Gefallen den kleinen Jungen in diese scheußliche Familie gegeben hatte; und schließlich Pansy, die mit dem Geld verduftet war und den Jungen seinem kläglichen Schicksal überließ.

George Brown dagegen war ein von Natur edler Mensch; in den dazwischenliegenden Jahren hatte er gewiß, wie es die Amerikaner taten, ein Vermögen gemacht. Vielleicht hatte er wieder geheiratet, vielleicht nicht. Aber wie dem auch sein mochte, er sehnte sich nach seinem verlorenen Henry.

Diese Einschätzung George Browns beruhte auf ihrer Erfahrung mit amerikanischen GI's in England, die sie alle freundlich, warmherzig, großzügig und vor allem kinderlieb gefunden hatte. Sie erinnerte sich daran, wie sie während des Krieges stets ihre Süßigkeitsrationen mit den Kindern, die rings um ihre Stützpunkte wohnten, geteilt hatten. Sie waren zwar gern laut, lärmend, prahlerisch und verschwenderisch, aber wenn man sie näher kennenlernte, verbarg sich darunter die Güte selbst.

Sie waren natürlich die reichsten Leute in der Welt, und Mrs. Harris errichtete in ihrer Phantasie eine Art Palast, in dem George Brown jetzt lebte und in dem der kleine Henry sich seines Geburtsrechts erfreuen konnte, wenn sein Vater erst erfuhr, wie schlecht es ihm ging. Sie zweifelte nicht daran, daß, wenn Mr. Brown aufgefunden und von der schlimmen Lage seines Sohnes in Kenntnis gesetzt werden könnte, er in einem Düsenflugzeug angebraust käme, um sein Kind zu fordern und es aus der Tyrannei der scheußlichen Gussets zu befreien. Es bedurfte nur einer guten Fee, die an dem Knopf des Schicksals drehte und dafür sorgte, daß der Apparat sich in der richtigen Richtung bewegte. Und es dauerte nicht sehr lange, daß Mrs. Harris, der das jammervolle Los des kleinen Henry so naheging, sich selbst als die gute Fee zu sehen begann.

In ihrem Traum wurde sie auf irgendeine Weise in die großen Vereinigten Staaten von Nordamerika verpflanzt, wo sie mit Schläue und Glück fast sofort den verschollenen George Brown ausfindig machte. Als sie ihm die Geschichte des kleinen Henry erzählte, füllten sich seine Augen mit Tränen, und als sie damit fertig war, weinte er ohne jede Scham. «Meine gute Frau», sagte er, «mit all meinen

Reichtümern kann ich nie gutmachen, was Sie für mich getan haben. Kommen Sie, wir wollen sofort ein Flugzeug besteigen und hinüberfliegen, um meinen kleinen Jungen nach Hause zu holen, wohin er gehört.» Es war ein sehr befriedigender Traum.

Aber, wie schon gesagt, Mrs. Harris war kein Mensch, der sich mit Phantasiegespinsten begnügte. Sie sah die Lage des kleinen Henry und die Gussets im nüchternen Licht der Wirklichkeit, und sie wußte, daß niemand den Vater hatte ausfindig machen können, ja, es nicht einmal ernstlich versucht hatte. Trotz all ihrer Träume war sie mehr und mehr davon überzeugt, daß, wenn sich ihr nur die Gelegenheit böte, sie es fertigbringen würde, ihn zu finden. Eine Überzeugung, in der sie nicht im geringsten dadurch wankend gemacht wurde, daß sie nichts weiter von ihm wußte, als daß er George Brown hieß und bei der amerikanischen Luftwaffe gewesen war.

2

Tief in ihrem Inneren war sich Mrs. Harris wohl bewußt, daß eine Reise nach Amerika für sie so fern lag wie eine Reise zum Mond. Freilich, es war ihr gelungen, den Kanal zu überqueren, und für die Flugzeuge war der Atlantische Ozean auch nichts weiter als ein Stück Wasser, über das sie hinwegschwirrten, aber wenn sie bedachte, was eine solche Reise kostete, war sie für sie unerreichbar. Mrs. Harris hatte sich ihren Herzenswunsch, Paris zu besuchen, dadurch erfüllen können, daß sie zwei Jahre lang geknausert und gespart hatte. Doch das war eine Riesenanstrengung gewesen und hatte sie viel Kraft gekostet. Sie war jetzt älter und wußte, daß sie nicht mehr die Energie hätte, um die notwendige Anzahl von Pfunden zur Finanzierung einer solchen Expedition zusammenzubringen.

Bei der Affäre Dior war allerdings der zündende Funke der Gewinn von hundert Pfund im Fußballtoto gewesen, ohne den Mrs. Harris es vielleicht nie auf sich genommen hätte, weitere dreihundertfünfzig Pfund zu sparen. Sie spielte weiter im Toto, aber ohne den festen Glauben, der manchmal Fortunas Gesicht zum Lächeln verführt. Sie wußte ebenso genau, daß solch ein Blitz nie zweimal an der gleichen Stelle einschlug.

Aber in eben diesem Augenblick, da man den kleinen Henry in der Küche von Willis Gardens Nr. 3 verprügelte, wobei das schauerliche Gegröle von Kentucky Claiborne das Wimmern des Kindes übertönen sollte, und Henry dann wieder einmal mit hungrigem Magen ins Bett gesteckt wurde, legte das Schicksal schon den Grundstein für eine unglaubliche Veränderung nicht nur in Henrys, sondern auch in Ada Harris' und Mrs. Butterfields Leben.

Es geschah kein Wunder; nichts Ungewöhnlicheres ereignete sich, als daß zwei Gruppen von Männern sich an dem großen Tisch in dem Konferenzzimmer eines gigantischen, sechstausend Meilen entfernten Hollywooder Film- und Fernsehstudios gegenübersaßen und einander so giftig anblickten, wie es nur Männer vermögen, die um die Macht kämpfen.

Sieben Stunden später, nachdem hundertdrei Tassen Kaffee getrunken und anschließend zweiundvierzig Havanna Perfectos geraucht worden waren, spiegelte sich in den Blicken immer noch der gleiche Haß, aber der Kampf war vorüber. Ein Kabel wurde abgeschickt, das direkt und indirekt für das Leben eines Häufleins sehr verschiedener Menschen, von denen einige noch nie etwas von der Nordamerikanischen Film- und Fernsehgesellschaft gehört hatten, Folgen haben sollte.

Zu den Kunden, bei denen Mrs. Harris nicht nur regelmäßig, sondern begeistert tätig war – denn sie hatte ihre Lieblinge –, gehörten Mr. und Mrs. Joel Schreiber, die eine Sechszimmerwohnung im obersten Stock eines der umgebauten Häuser am Eaton Square hatten. Joel und Henrietta Schreiber waren ein kinderloses amerikanisches Ehepaar mittleren Alters, das seit drei Jahren in London wohnte, wo Mr. Schreiber als europäischer Vertreter der Nordamerikanischen Film- und Fernsehgesellschaft fungierte.

Durch Henrietta Schreibers Freundlichkeit hatte Mrs. Harris damals ihre hart verdienten Pfunde gegen die notwendigen Dollars umwechseln können, die es ihr ermöglichten, ihr Diorkleid in Paris zu bezahlen. Keine von beiden ahnte, daß sie damit gegen das Gesetz verstießen. So wie Mrs. Schreiber es sah, blieben die Pfundnoten bei ihnen in England und verließen das Land nicht. Und das war doch genau das, was die Engländer wollten. Aber Mrs. Schreiber war eine jener etwas einfältigen Menschen, die nie ganz begreifen, wie die Dinge gehandhabt werden oder gehandhabt werden sollen.

Dank Mrs. Harris' Hilfe und Rat hatte sie sich daran zu gewöhnen vermocht, ihren Haushalt in London zu führen. Sie kaufte in der Elizabeth-Street ein und kochte selber, während die nie erlahmende Mrs. Harris täglich für zwei Stunden erschien und die Wohnung tadellos in Ordnung brachte. Jede plötzliche Veränderung oder jedes unvermutet auftretende Problem versetzten Mrs. Schreiber in höchste Erregung. Da sie, ehe sie nach England kam, sich mit der in Hollywood und New York verfügbaren Art von Hauspersonal hatte herumschlagen müssen, war Henrietta eine glühende Bewunderin von Mrs. Harris' Flinkheit, Tüchtigkeit und Geschick im Reinemachen, aber vor allem ihrer Fähigkeit, mit fast jeder Situation fertig zu werden.

Joel Schreiber trug, wie jeder Soldat Napoleons, einen Marschallstab im Tornister, eine imaginäre Ernennung zum Präsidenten in seiner Brieftasche. Er war ein tüchtiger Geschäftsmann, der sich bei der Nordamerikanischen Film- und Fernsehgesellschaft vom Botenjungen zu seiner jetzigen Stellung heraufgearbeitet hatte, aber ebenso hatte er immer von Kunst und Literatur geträumt und davon, was er tun würde, wenn er erst einmal Präsident wäre; eine Möglichkeit, die aber so fern lag, daß er nicht einmal mit seiner Henrietta darüber gesprochen hatte. Die Art von Stellung, die Mr. Schreiber hatte, führte nicht zum Präsidentensessel, zum beherrschenden Einfluß auf die Geschicke der Firma und zu Konferenzen mit den großen und fast großen Stars der Film- und Fernsehwelt.

Dennoch, als die bereits erwähnte Konferenz in Hollywood beendet und das Kabel abgeschickt war, war der Empfänger niemand anders als Joel Schreiber. Er wurde darin aufgefordert, nach New York überzusiedeln, und man bot ihm einen Fünf-Jahres-Vertrag als Präsident der Nordamerikanischen Film- und Fernsehgesellschaft an. Zwei Machtgruppen, die um die Beherrschung der Firma kämpften, aber beide nicht stark genug waren, um diesen Kampf zu gewinnen, hatten sich schließlich erschöpft auf Schreiber, einen unbekannten Außenseiter, als Kompromißkandidaten und eventuellen Präsidenten der Firma geeinigt.

Dem Kabel das Schreiber an diesem Nachmittag in seinem Büro erreichte, folgten lange Ferngespräche, Wunderkonferenzgespräche, die Ozeane und Kontinente umspannten, bei denen fünf Männer – einer in London, zwei in Kalifornien, zwei in New York – jeder an einem Telefon saßen und sich miteinander unterhielten, als befänden sie sich alle in einem Raum. Und als Mr. Schreiber, ein untersetzter, kleiner Mann mit klugen Augen, am frühen Abend nach Hause zurückkehrte, platzte er geradezu vor Erregung und Neuigkeiten.

Er konnte es nicht bei sich behalten. Schon beim Eintreten in die Wohnung sprudelte er alles mit einemmal heraus. «Henrietta, ich habe eine große Neuigkeit für dich. Eine wirkliche Neuigkeit. Ich bin Präsident der Nordamerikanischen Film- und Fernsehgesellschaft geworden. Sie verlegen ihre Büros nach New York. Wir müssen in zwei Wochen hinüberfahren. Wir werden eine große Wohnung in der Park Avenue bekommen. Die Firma hat schon eine für mich gefunden, eine prächtige, zweigeschossige. Ich bin jetzt der große Boss, Henrietta. Was sagst du dazu?»

Sie waren ein liebevolles und zärtliches Paar, und so umarmten sie sich erst einmal, und darauf tanzte Mr. Schreiber mit Henrietta eine Weile durch die Wohnung, bis sie ganz außer Atem war.

«Du hast das verdient, Joel», sagte sie. «Sie hätten das schon längst tun müssen.» Dann trat sie, um sich zu beruhigen und ihre

Gedanken zu sammeln, ans Fenster und blickte auf den stillen belaubten Eaton Square hinaus, und mit einem Stich im Herzen dachte sie, wie sehr sie sich an dieses ruhige Leben gewöhnt hatte, wie sehr sie es liebte und wie sehr ihr davor graute, wieder in den Wirbel und das Wahnsinnstempo von New York zurück zu müssen.

Mr. Schreiber ging erregt in der Wohnung auf und ab. Er brachte es nicht fertig, sich zu setzen, da Dutzende neuer Gedanken, Einfälle, Ideen, die mit seiner neuen großartigen Position zusammenhingen, ihm durch den runden Kopf schossen. Dann blieb er plötzlich stehen und sagte: «Wenn wir einen Sohn hätten, Henrietta, müßte er dann nicht in diesem Augenblick auf seinen Alten Herrn stolz sein?»

Diese Bemerkung traf Henrietta wie ein Pfeil ins Herz. Sie wußte, es sollte kein Vorwurf sein – das paßte nicht zu ihrem Mann –, es war ihm über die Lippen gekommen, weil er sich schon lange danach sehnte, nicht nur Ehemann, sondern auch Vater zu sein, und jetzt, da er über Nacht «jemand» geworden, war es nur allzu verständlich, daß dieses Verlangen stärker wurde. Als sie sich von dem Fenster abwandte, hingen ihr Tränen in den Augenwinkeln, und sie konnte nur sagen: «Ach, Joel, ich bin so stolz auf dich!»

Da wurde ihm plötzlich bewußt, daß er sie verletzt hatte, und er ging auf sie zu, legte seinen Arm um ihre Schultern und sagte: «Henrietta, sei nicht traurig, ich habe es nicht so gemeint, wie es klang. Du brauchst nicht zu weinen. Wir sind ein sehr glückliches Paar, und wir spielen jetzt eine große Rolle. Denke an die wundervollen Zeiten, die wir in New York erleben werden, und an die Dinnerparties, die du für all die berühmten Leute geben wirst. Du wirst wirklich ‹die Höchsten bewirten›, wie es in dem Liede heißt.»

«Ach Joel», rief Henrietta. «Es ist so lange her, seit wir in Amerika oder New York gelebt haben – ich fürchte mich davor.»

«Pah», tröstete sie Mr. Schreiber. «Wovor brauchst du dich zu fürchten? Es wird herrlich für dich werden, und du wirst alles wunderbar machen. Wir sind jetzt reich, und du kannst so viele Dienstboten haben, wie du willst.»

Aber das gerade eben bekümmerte Mrs. Schreiber, und es bekümmerte sie auch noch am nächsten Morgen, lange nachdem Mr. Schreiber auf einer rosa Wolke in sein Büro entschwebt war.

Ihre verwirrte und erregte Phantasie sah die ganze riesige Schar von internationalen Schlampen, Bummlern, Faulpelzen und Nichtsnutzen vor sich, die ihre Dienste als «ausgebildetes Personal» anboten. Ein Zug von slowakischen, litauischen, bosnischen Butlern oder Dienern mit schmutzigen Fingernägeln, vom Zigarettentabak gelb gefärbten Fingern, die einmal bei ihr gearbeitet hatten, marschierten an ihr vorüber, und alle ließen die Asche ihrer ewigen Zigarette auf die Teppiche hinter sich fallen. Sie hatte mit ochsenstarken Schweden, ebenso kräftigen Finnen, dreisten Deutschen, faulen Iren, noch fauleren Italienern und undurchsichtigen Orientalen zu tun gehabt.

Nachdem ihr die Ausländer über waren, hatte sie Amerikaner engagiert, schwarze und weiße, Dienstboten, die im Hause wohnten, ihren Schnaps austranken und ihr Parfüm benutzten, oder Tagesmädchen, die morgens kamen und abends meistens mit irgendeinem Kleid, einer Bluse oder einem Wäschestück von ihr, das sie unter dem Mantel versteckten, wieder gingen. Sie wußten nicht, wie man rein macht, Staub wischt oder fegt, Gläser spült oder Silber putzt; sie ließen Fußspuren auf dem Boden zurück, wo sie, unbeweglich wie Statuen, stundenlang nichtstuend auf ihre Besen gestützt, gestanden hatten. Keiner von ihnen hatte Sinn für Häuslichkeit oder schöne Dinge. Sie zertepperten ihr gutes Geschirr, Lampen und Nippes, verdarben ihre Überzüge und Wäsche, brannten mit ihren Zigaretten Löcher in die Teppiche und zerstörten ihren Besitz und ihren Seelenfrieden. Diesem entsetzlichen Zuge schloß sich jetzt eine lange Reihe Köchinnen mit sauertöpfischen Mienen an, deren jeder sie einige der grauen Haare verdankte, die sie schon hatte. Einige hatten kochen können, andere nicht. Aber alle waren unfreundliche Weiber mit allen möglichen Schrullen und schlechten Charakteren, erbitterte Tyrannen, die für die Dauer ihres Aufenthalts in ihrem Heim das Regiment übernommen und sie terrorisiert hatten. Die meisten von ihnen waren ein bißchen blöde und einige nur einen Schritt vom Irrenhaus entfernt. Keine hatte sich je sympathisch oder nett gezeigt, und das einzige, woran sie alle dachten, waren die von ihnen zu ihrem eigenen Wohlbefinden festgelegten Vorschriften.

Ein Schlüssel drehte sich im Schloß. Die Tür ging auf, und herein kam Mrs. Harris, wie immer mit ihrer Plastiktasche, in der sie Gott weiß was mit sich herumschleppte. Sie hatte einen zu langen Mantel vom vorigen Jahr an, den ihr jemand geschenkt hatte, einen wahrlich uralten Blumentopfhut auf, ein Andenken an eine längst verblichene Kundin, der aber jetzt durch den Kreislauf der Mode plötzlich wieder hochmodern geworden war.

«Guten Morgen, Madam», sagte sie heiter. «Ich komme heute etwas früher, aber da Sie gesagt haben, Sie hätten heute abend einige Freunde zum Essen da, hielt ich es für gut, gründlich reinzumachen, damit die Wohnung wie ein Schmuckkästchen aussieht.»

Mrs. Schreiber, vor deren innerem Auge eben noch die grausige Parade all ihrer früheren Dienstboten vorbeigezogen war, erschien Ada Harris wie ein Engel, und bevor sie wußte, was sie tat, lief sie auf die kleine Putzfrau zu, schlang die Arme um ihren Hals, drückte sie an sich und rief:

«Ach, Mrs. Harris, Sie wissen ja gar nicht, wie froh ich bin, daß Sie da sind – wie unendlich froh!»

Und dann begann sie unerklärlicherweise zu weinen. Vielleicht kam es daher, daß Mrs. Harris sie ihrerseits an sich preßte, vielleicht weil sie sich von dem inneren Druck befreit fühlte, der der guten Nachricht von der Beförderung gefolgt war, jedenfalls schluchzte sie: «Ach, Mrs. Harris, meinem Mann ist etwas Wunderbares geschehen. Wir ziehen nach New York, aber ich fürchte mich so – ich fürchte mich so entsetzlich.»

Mrs. Harris hatte keine Ahnung, was das alles bedeutete, aber sie wußte genau, was sie jetzt tun mußte: Sie stellte ihre Tasche ab, klopfte Mrs. Schreiber auf den Arm und sagte: «Aber, aber, Liebe, regen Sie sich nicht so auf. Ada Harris wird Ihnen jetzt eine Tasse Tee machen, und dann werden Sie sich besser fühlen.»

Es war ein Trost für Mrs. Schreiber, sie die Tasse Tee machen zu lassen, und sie sagte: «Machen Sie sich aber auch eine!» Und als die beiden Frauen in der Küche ihren Tee schlürften, berichtete Mrs. Schreiber ihrer Geschlechtsgenossin, Mrs. Harris, ausführlich von dem großen Glück, das ihrem Mann und ihr widerfahren war, von der bevorstehenden Veränderung ihres Lebens, von der unheimlichen, riesigen, zweistöckigen Wohnung, die sie in Amerika erwartete, der Abreise in zwei Wochen und vor allem von ihren Dienstbotensorgen. Geradezu mit Behagen schilderte sie der verständnisvollen Mrs. Harris all die Dienstbotenschrecken und -katastrophen, die sie auf der anderen Seite des Atlantik erwarteten. Das erleichterte sie und gab Mrs. Harris das stolze Gefühl britischer Überlegenheit, so daß sie eine noch größere Zuneigung zu Mrs. Schreiber fühlte.

Als Mrs. Schreiber mit ihrem Bericht fertig war, blickte sie die kleine Putzfrau mit den Apfelbäckchen von neuem warm und liebevoll an. «Ach, wenn nur jemand wie Sie in New York wäre, um mir zu helfen, selbst wenn es nur für eine kurze Zeit sein könnte, bis ich mich ganz eingelebt habe.»

Ein Schweigen folgte, währenddessen Henrietta Schreiber über den Tisch hinweg Ada Harris ansah und Ada Harris über die leeren Teetassen hinweg Henrietta Schreiber anblickte. Sie sagten beide kein Wort. Es wäre nicht möglich gewesen, mit einem dem Menschen bekannten wissenschaftlichen Präzisionsinstrument annähernd genau festzustellen, welcher von ihnen zuerst die große Idee gekommen war. Aber man darf wohl annehmen, die Groschen fielen bei beiden im gleichen Augenblick. Sie schwiegen jedoch beide weiter.

Schließlich stand Mrs. Harris auf, räumte das Teegeschirr ab und sagte: «Nun, es wird wohl Zeit, daß ich an die Arbeit gehe.»

Und Mrs. Schreiber sagte: «Ich werde jetzt wohl anfangen müssen, das auszusortieren, was ich mitnehmen will.» Und so machte sich jede an ihre Arbeit. Wenn sie sonst in der Wohnung zusammen waren, schwatzten sie, oder vielmehr Mrs. Harris tat es, und Mrs. Schreiber hörte zu. Aber diesmal arbeitete die kleine Putzfrau in nachdenklichem Schweigen, und das gleiche tat Mrs. Schreiber.

Als am Abend Mrs. Harris und Mrs. Butterfield gemütlich zusammensaßen, sagte Mrs. Harris: «Halt dich fest, Vi. Ich muß dir etwas sagen. Wir fahren nach Amerika.»

Mrs. Butterfields Entsetzensschrei hallte so laut durch die Gegend, daß sich Türen und Fenster öffneten, weil man wissen wollte, woher er kam. Nachdem Mrs. Harris sie wieder beschwichtigt hatte, rief ihre Freundin: «Hast du den Verstand verloren? Sagtest du, *wir* fahren nach Amerika?»

Mrs. Harris nickte selbstgefällig. «Ich habe dich ja gewarnt, du solltest dich festhalten. Mrs. Schreiber wird mich bitten, mit ihr mitzukommen, bis sie sich in ihrer neuen Wohnung in New York eingelebt hat. Ich werde ihr sagen, ich bin gern dazu bereit, aber nur, wenn sie dich als Köchin mitnimmt. Wir werden zusammen Klein-Henrys Vater suchen!»

Als Mr. Schreiber an diesem Abend nach Hause kam, brach Henrietta ihr langes Schweigen mit den Worten: «Joel, sei nicht ärgerlich, aber ich habe eine vollkommen verrückte Idee.»

In seinem augenblicklichen Wohlbefinden vermochte Mr. Schreiber nichts zu ärgern, und so sagte er: «Nun, Liebste, was ist es denn?»

«Ich will Mrs. Harris bitten, mit uns nach New York zu kommen.»

Mr. Schreiber war zwar nicht ärgerlich, aber er war bestimmt verblüfft. «Was?» sagte er.

«Nur für ein paar Monate vielleicht, bis wir eingelebt sind und ich jemanden finden kann. Du ahnst ja gar nicht, was für ein Prachtstück sie ist und wie sie die Wohnung in Ordnung hält. Sie weiß, wie ich es haben will. Ach, Joel, ich würde mich so ... geborgen fühlen.»

«Aber würde sie denn mitkommen?»

«Das weiß ich noch nicht», erwiderte Henrietta, «aber – ich nehme es an. Wenn ich ihr viel Geld böte, müßte sie es doch tun, und vielleicht tut sie es sogar, nur weil sie mich gern mag, wenn ich sie darum bitte.»

Mr. Schreiber machte einen Augenblick ein zweifelndes Gesicht und sagte: «Eine waschechte Londoner Putzfrau in einer Park-Avenue-Wohnung?» Aber dann fügte er milde hinzu: «Wenn es dir ein Trost ist, Kind, dann tue es. Von jetzt an sollst du alles haben, was du haben möchtest.»

3

Genau vierzehneinhalb Stunden, nachdem Mrs. Harris zu Mrs. Butterfield gesagt hatte, Mrs. Schreiber werde ihr vorschlagen, mit ihr nach Amerika zu fahren, geschah es. Kaum daß Mrs. Harris am nächsten Morgen die Wohnung betreten hatte, machte Mrs. Schreiber ihr den Vorschlag, den sie begeistert annahm, wenn auch unter einer Bedingung – nämlich, daß Mrs. Butterfield mit von der Partie sein müsse und zu dem gleichen Lohn, den Mrs. Harris selber bekommen sollte.

«Sie ist meine älteste Freundin», erklärte Mrs. Harris. «Ich bin in meinem Leben nie länger als eine Woche von London weg gewesen. Wenn ich sie bei mir hätte, würde ich mich nicht so einsam fühlen. Außerdem ist sie eine ganz vorzügliche Köchin – sie hat für einige der besten Häuser gekocht, bevor sie die Ganztagsstellungen aufgegeben hat. Sie können den alten Sir Alfred Welby fragen, wem er seine Gicht zu verdanken hat.»

Mrs. Schreiber war fast außer sich vor Freude über die Aussicht, in den ersten Monaten nach ihrer Rückkehr in die Vereinigten Staaten nicht nur Mrs. Harris um sich zu haben, sondern zugleich mit ihr eine gute Köchin zu bekommen, die mit der kleinen Putzfrau gut auskam und sie davor bewahrte, sich zu einsam zu fühlen. Sie kannte Mrs. Butterfield und mochte sie, denn sie war für Mrs. Harris eingesprungen, als diese nach Paris gefahren war, um sich ihr Diorkleid zu kaufen. «Aber glauben Sie denn, daß sie mitkommen würde?» fragte sie Mrs. Harris beklommen.

«Auf der Stelle», erwiderte Mrs. Harris. «Abenteuerlustig, wie sie ist! Immer möchte sie ins Unbekannte aufbrechen. Manchmal kann ich sie nur schwer zurückhalten. Ach, sie wird schon mitkommen! Lassen Sie mich das nur machen.»

Mrs. Schreiber ließ sie das nur allzu gern machen, und sie begannen über Einzelheiten der Reise zu sprechen – Mr. Schreiber wollte mit dem französischen Schiff «Ville de Paris» von Southampton in zehn Tagen abfahren – und so war auch für die beiden alles klar.

Mrs. Harris wählte den psychologisch geeigneten Augenblick, um die Attacke auf ihre Freundin zu starten, nämlich die trauliche Stunde, da sie zusammen die letzte köstliche Tasse Tee des Tages tranken, und zwar diesmal in Mrs. Butterfields geräumiger Küche, die mit Kuchen und Biskuit, Marmelade und Gelee reichlich versehen war, denn wie ihre Figur bewies, aß Mrs. Butterfield gern gut.

Zuerst schien es, als habe Mrs. Harris einen taktischen Fehler begangen, indem sie ihre Freundin auf ihrem eigenen Gelände überfiel, statt sie aus ihrer vertrauten Umgebung wegzulocken, denn Mrs.

Butterfield blieb beharrlich bei ihrer Weigerung, mitzukommen, und schien auf jedes Argument von Mrs. Harris eine Antwort zu haben.

«Was», rief sie, «ich soll in meinem Alter nach Amerika, wo sie sich alle so aufblasen und schießen und junge Leute sich gegenseitig mit Messern umbringen? Liest du denn die Zeitungen nicht? Und laß mich dir noch etwas sagen: Wenn du hinfährst, wird das dein Tod sein, Ada Harris. Und du sollst dann nicht sagen, ich hätte dich nicht gewarnt.»

Mrs. Harris versuchte es mit dem finanziellen Angriff. «Aber, Violet, bedenke doch, was sie dir zahlen will – amerikanischen Lohn, hundert Pfund im Monat, und freie Station, das verdienst du hier nicht in drei Monaten. Du könntest deine Wohnung vermieten, während du weg bist, sparst deine Witwenpension, hast keinerlei Ausgaben – ja, und gefällt dir das nicht, fünfhundert Pfund zu haben, wenn du wieder nach Hause kommst? Denk doch, was für eine herrliche Zeit du dir damit machen könntest! Oder du legst es in Prämienobligationen an und gewinnst noch tausend Pfund dazu. Du brauchtest dann nie mehr auch nur einen Finger zu rühren.»

«Geld ist nicht alles», entgegnete Mrs. Butterfield. «Du wüßtest das, Ada Harris, wenn du mehr in deiner Bibel läsest. Es ist die Wurzel allen Übels. Wer hat die größten Sorgen in der Welt? Wer muß immer wieder vor Gericht erscheinen, und wessen Name steht immer wieder in den Zeitungen? Millionäre. Das, was ich brauche, kann ich hier verdienen, und darum bleibe ich. Und ich würde auch nicht in dieses Sodom und Gomorra gehen, das New York heißt, wenn ich fünfhundert Pfund im Monat bekäme!»

Mrs. Harris lud ihr interkontinentales Geschoß mit einer Tonne Sprengstoff. «Und wie ist es mit dem kleinen Henry?» sagte sie.

Mrs. Butterfield blickte ihre Freundin leicht beunruhigt an. «Was ist mit dem kleinen Henry?» fragte sie, um Zeit zu gewinen, denn in ihrer Aufregung und ihrem Entsetzen über Mrs. Harris' Vorschlag hatte sie ganz vergessen, wer und was zu dem allem der Anlaß war.

«Was mit ihm ist? Wir wollen seinen Vater suchen und dem armen kleinen Kerl zu einem anständigen Leben verhelfen, Violet Butterfield. Und ich bin überrascht und schäme mich in deiner Seele, daß du das vergessen hast. Du hast mich hundertmal sagen hören, wenn ich nur nach Amerika fahren könnte, dann würde ich seinen Vater schon finden und ihm sagen, wo sein Junge ist und was er durchmachen muß. Nun, und jetzt haben wir die Chance, hinzufahren und das zu tun, und da fragst du mich, was mit dem kleinen Henry ist! Liebst du ihn nicht?»

Dies war fast ein Tiefschlag, und Mrs. Butterfield stieß einen lauten Protestschrei aus. «Ada! Wie kannst du so etwas sagen! Du weißt genau, daß ich ihn liebe. Habe ich ihn nicht immer gefüttert und gehätschelt wie eine Mutter?»

«Aber möchtest du ihn nicht glücklich und geborgen bei seinem Vater sehen?»

«Natürlich möchte ich das», erwiderte Mrs. Butterfield und wartete zu ihrer eigenen großen Überraschung mit einer Atomabwehrrakete auf, die Mrs. Harris' Angriff zunichte machte. «Wer kümmert sich um ihn, wenn du fort bist und ich mitfahre? Was hat es für einen Sinn, wenn du seinen Vater ausfindig machst und er dann herüberkommt und den armen kleinen Kerl hier verhungert vorfindet? Eine von uns muß also hierbleiben.»

In dieser Feststellung steckte so viel Logik, daß es Mrs. Harris einen Augenblick die Sprache verschlug, und sie blickte betrübt in ihre Teetasse und sagte dann nur: «Ich möchte, daß du mit mir nach Amerika kommst, Vi.»

Jetzt war es an Mrs. Butterfield, ihre Freundin erstaunt anzublikken. Aufrichtigkeit weckte in ihr die gleiche Aufrichtigkeit. Mit all den Ausflüchten war es jetzt vorbei, und sie antwortete: «Ich will nicht nach Amerika fahren – ich fürchte mich davor.»

«Ich auch», sagte Mrs. Harris.

Mrs. Butterfields Erstaunen verwandelte sich in Verblüffung. «Was», rief sie, «du, Ada Harris, fürchtest dich? Da kenne ich dich nun schon fünfunddreißig Jahre, und nie hast du dich im Leben vor etwas gefürchtet!»

«Aber jetzt fürchte ich mich», sagte Mrs. Harris. «Es ist ein großer Schritt. Es ist ein fremdes Land, es liegt weit weg. Wer kümmert sich um mich, wenn mir etwas passiert? Darum möchte ich, daß du mitkommst. Man kann schließlich nie wissen...»

Dieser plötzliche Tausch der gewohnten Rollen der beiden Frauen hätte wie eine Ironie anmuten können: Mrs. Harris, die abenteuerlustige Optimistin, wurde plötzlich zu einer Art schüchterner, pessimistischer Butterfield. Aber in Wirklichkeit war in ihrer Bemerkung keinerlei Ironie. Es war ihr nun plötzlich klargeworden, wie gewaltig das Unternehmen war, in das sie sich leichten Herzens und mit ihrer üblichen Freude am Abenteuer gestürzt hatte. New York war nicht nur weit weg, es war auch ganz anders als alles, was sie je kennengelernt hatte. Gewiß, Paris war auch sehr fremd gewesen, aber wenn man auf eine Landkarte sah, lag es sozusagen auf der anderen Straßenseite. In Amerika sprach man zwar auch englisch, und dennoch war es in einem anderen Sinn mehr Ausland als Frankreich oder vielleicht sogar China. Sie war im Begriff, sich von dem wunderbar sicheren und behaglichen London zu lösen, in dem sie ihr Leben lang geborgen gewesen war und in dessen Straßen, Rhythmus, Lärm und mannigfaltigen Stimmungen sie blind ihren Weg fand. Und sie war nicht mehr jung. Sie wußte, daß viele britische Frauen, die Amerikaner geheiratet hatten, schnell wieder zurückgekommen waren, weil sie sich dem amerikanischen Leben nicht anpassen konnten. Sie war einundsechzig. Einundsechzig, wenn auch noch voller Energie und Lebenslust, aber man wußte ja nie. Wenn sie zum Beispiel krank wurde? Wer würde in einem fremden Land für das notwendige Bindeglied zwischen ihr und dem großen London sorgen? Ja, in diesem Augenblick hatte sie wirklich Angst, und das spiegelte sich in ihren Augen. Violet Butterfield sah es ihr an.

«Ach, Liebe», sagte die dicke Frau, und ihr Doppelkinn begann zu zittern. «Ist es dein Ernst, Ada? Brauchst du mich wirklich?»

Mrs. Harris blickte ihre Freundin an und wußte, daß sie wirklich die große, schwere hilflose Frau brauchte, an die man sich dennoch, wenn's einem schwer ums Herz war, anlehnen konnte. «Ja, Liebe», erwiderte Mrs. Harris, «ich brauche dich.»

«Dann komme ich mit», sagte Mrs. Butterfield und begann zu weinen. Auch Mrs. Harris kamen die Tränen, und schon lagen sich die beiden Frauen in den Armen, weinten die nächsten Minuten zusammen und fühlten sich dabei sehr wohl.

Die Würfel aber waren gefallen und die Reise eine beschlossene Sache.

Jeder, der wußte, wieviel Mrs. Harris und Mrs. Butterfield ihren Kunden wert waren, wäre nicht überrascht gewesen, wenn er nach Belgravia gekommen wäre und in diesem vornehmen Viertel an vielen Häusern Kreppschleifen gesehen hätte, nachdem die beiden Witwen ihre Kunden davon in Kenntnis gesetzt hatten, daß sie binnen einer Woche in die Vereinigten Staaten reisen würden und mindestens drei Monate, ja vielleicht noch länger, nicht verfügbar seien.

Aber die menschliche Seele ebenso wie der menschliche Körper sind so zähe, daß, wenn die Nachricht, daß Mrs. Harris und Mrs. Butterfield in das Land reisten, das manche noch als Kolonie bezeichneten, auch große Aufregung hervorrief, dieser Schlag mehr oder weniger mit Fassung hingenommen wurde.

Hätten die beiden Frauen gesagt, sie würden für ein, zwei Tage oder eine Woche abwesend sein, hätte das einen solchen Aufruhr in der Gegend bewirkt, daß die Häuser, Straßen und Plätze gebebt hätten – aber drei Monate bedeutete für immer, und gegen derartige Zwischenfälle des modernen Lebens war man nun einmal gefeit. Mit einem Seufzer schickten sich die meisten darein, sich wieder zum Arbeitsvermittlungsbüro zu begeben und eine längere Zeit der Versuche und Irrtümer durchzumachen, bis sie wieder solche Juwele wie Mrs. Harris und Mrs. Butterfield finden würden.

4

Später beteuerte Mrs. Harris stets, ihr wäre nie der Gedanke gekommen, den kleinen Henry den abscheulichen Gussets zu rauben, ihn auf der «Ville de Paris» zu verstecken und ihn leibhaftig seinem Vater in Amerika zu bringen, hätte sich nicht bei der Gräfin Wyszcynska, deren kleine Londoner Wohnung Mrs. Harris täglich von fünf bis sieben Uhr auf Hochglanz brachte, zufällig jene erstaunliche Episode ereignet. Es war dieselbe Gräfin, mit der sie die Auseinandersetzung wegen des alten Staubsaugers gehabt und die, entgegen der düsteren Prognose von Mrs. Butterfield, sich eines Besseren besonnen und einen neuen Hoover angeschafft hatte.

Als sie in der Wohnung der Gräfin war, kam ein Paket für die vornehme Dame von ihrem achtzehnjährigen Neffen aus Milwaukee, Wisconsin, an. Der Inhalt des Pakets erwies sich als das Geschmackloseste, was der Gräfin je vor Augen gekommen war – ein scheußlicher Bierkrug mit einem Deckel aus imitiertem Silber und einem eingravierten «Souvenir of Milwaukee». Unglücklicherweise war dieser widerwärtige «Kunstgegenstand» so sorgfältig mit Zeitungen ausgestopft und umwickelt, daß er heil ankam.

Mit einem Ausdruck des Ekels in ihrem aristokratischen Gesicht sagte die Gräfin: «Ach, du lieber Gott.» Aber als sie dann merkte, wie interessiert Mrs. Harris allem zusah, verbesserte sie sich schnell und fügte hinzu: «Ist er nicht reizend? Wenn ich nur wüßte, wo ich ihn hinstellen soll. Es steht schon zu viel in dieser kleinen Wohnung herum. Würden Sie ihn sich vielleicht gern mitnehmen, Mrs. Harris?»

Mrs. Harris erwiderte: «Und ob! ‹Souvenir of Milwaukee›! Vielleicht fahre ich dorthin, wenn ich in Amerika bin.»

«Nur weg damit – ich meine, ich freue mich, wenn Sie Spaß daran haben. Und werfen Sie auch gleich all das Zeug fort», sagte sie und deutete auf die Zeitungen, die dem Krug das Leben gerettet hatten. Darauf ging sie aus und fragte sich, was heutzutage mit den Putzfrauen los sei, die dauernd zu verreisen schienen.

Allein gelassen, gab sich Mrs. Harris ihrem Lieblingszeitvertreib, dem Zeitungslesen, hin. Wenn sie zum Fischhändler ging, war es eine ihrer größten Freuden, die zwei Jahre alten «Mirrors» zu lesen, die auf der Theke lagen und als Einwickelpapier benutzt wurden.

Jetzt nahm sie ein Exemplar der «Milwaukee Sentinel» genannten Zeitung in die Hand, überflog die Überschrift «Dominie verführte Schulmädchen in Heuschober», ergötzte sich an der damit verbundenen Geschichte und durchblätterte darauf die weiteren Seiten des gleichen Blattes, bis sie zu den Verlobungs- und Vermählungsanzeigen kam.

Da sie sich stets für Hochzeiten interessierte, gab sich Mrs. Harris diesen Anzeigen mit ungeteilter Aufmerksamkeit hin, bis sie eine entdeckte, bei deren Lesen ihr fast die Augen aus dem Kopf sprangen und sie einen Schrei ausstieß: «Lieber Gott – das ist er! Es ist geschehen. Ich hab es schon in meinen Knochen gespürt, daß etwas geschehen würde.»

Sie betrachtete das Foto eines hübschen Brautpaars mit der Überschrift: «Brown-Tracey-Trauung», und darunter stand: «Sheboygan, Wisconsin, den 23. Januar: Die Trauung von Miss Georgina Tracey, Tochter von Mr. und Mrs. Frank Tracey, Highland Avenue 1327, mit Mr. George Brown, einzigem Sohn von Mr. und Mrs. Henry Brown, Madison, Wisconsin, Delaware Road 892, fand heute in der Ersten Methodistenkirche in der Maple Street statt. Es ist die erste Ehe der Braut und die zweite des Bräutigams.

Die Braut ist eine der beliebtesten Absolventinnen der Eastlake Highschool gewesen und hat sich am gesellschaftlichen Leben rege beteiligt. Der vierunddreißigjährige Bräutigam, von Beruf Elektroingenieur, war früher bei der amerikanischen Luftwaffe in England. Das Paar wird nach Kenosha, Wisconsin, ziehen.»

Die Zeitung mit ihren dünnen, von Adern durchzogenen Händen fest umklammernd, vollführte Mrs. Harris einen kleinen Solotanz in der Wohnung der Gräfin, wobei sie rief: «Das ist er! Das ist er! Ich habe den Vater des kleinen Henry entdeckt!» Ihr kam nicht der geringste Zweifel. Er war hübsch; er hatte wie Henry zwei Augen, eine Nase, einen Mund und Ohren; er hatte das richtige Alter; er lebte in guten Verhältnissen; er hatte einen edlen Ausdruck in den Augen, so wie es sich Mrs. Harris vorgestellt hatte, und jetzt hatte er ein reizend aussehendes Mädchen geheiratet, das genau die richtige Mutter für den kleinen Henry sein würde. Beliebt, schrieb die Zeitung, aber Mrs. Harris stellte außerdem fest, daß sie etwas Gutes und Offnes in ihrem Gesicht und schöne Augen hatte. Doch der Gipfel von allem – und das machte sie ganz sicher – war der Name des Vaters von Mr. Brown – Henry Brown: natürlich hatte man das Enkelkind nach ihm genannt.

Mrs. Harris hörte mit dem Tanzen auf, betrachtete noch einmal das kostbare Foto und sagte: «George Brown, Sie werden Ihr Kind zurückbekommen», und in diesem Augenblick kam ihr zum erstenmal der Gedanke, den kleinen Henry den Gussets zu rauben und ihn sofort zu seinem Vater nach Amerika zu bringen. Sie hatte zwar nicht seine Adresse, aber es würde nicht schwer sein, ihn ausfindig zu machen, wenn sie erst mit dem kleinen Henry nach Kenosha, Wisconsin, kam. Dies war ein Zeichen des Himmels, das ihr zu verstehen gab, was ihre Pflicht war und was sie zu tun hatte, und Mrs. Harris kannte kein Zeichen des Himmels, das sie sich nicht, solange sie denken konnte, mehr oder weniger richtig gedeutet hatte.

Der kleine Henry war acht Jahre alt, aber mit den Erfahrungen, die er in dieser rauhen, unglücklichen Welt gemacht hatte, hätte er achtzig sein können. In seinem kurzen Leben hatte er alle Tricks der Verfolgten gelernt – lügen, stehlen, sich verstecken –, kurz, wie man überleben kann. In dieser Londoner Steinwüste auf sich selbst gestellt, hatte er frühzeitig die Verstandesschärfe und die Schläue erworben, die man braucht, um den Bösen zu überlisten.

Trotzdem hatte er sich einen kindlichen Charme und eine angeborene Güte bewahrt. Er betrog niemals einen Freund oder tat dem, der gut zu ihm war, etwas Böses. So auch zum Beispiel nicht den beiden verwitweten Putzfrauen, Mrs. Ada Harris und Mrs. Violet Butterfield, in deren Küche er im Augenblick verborgen gehalten wurde, um an einer der erregendsten und berauschendsten Verschwörungen teilzunehmen. Er hockte dort und sah fast wie ein Zwerg aus, tat sich an Tee und Hörnchen so gütlich, daß er beinahe platzte – denn unter vielem anderen hatte das Leben ihn gelehrt, daß, wenn sich einem etwas Eßbares bot, das man nur zu nehmen brauchte, man so schnell wie möglich und soviel wie möglich davon verspeisen mußte –, während Mrs. Harris ihm die Einzelheiten des Komplotts auseinandersetzte.

Eine von Henrys guten Eigenschaften war seine Verschwiegenheit. Unter anderem hatte er gelernt, seinen Mund stets geschlossen zu halten. Er war dagegen mit seinen großen dunklen, traurigen Augen ziemlich beredt. Augen, die so wissend waren, wie es die eines kleinen Jungen seines Alters nicht sein sollten, und denen nichts entging, was um ihn herum geschah.

Da er dünn und im Wachstum ein wenig zurückgeblieben war, wirkte sein Kopf zu groß und alt: Es war der Kopf eines Erwachsenen, mit einem Schopf dunklen Haars über einem blassen und meist schmutzigen Gesicht. Man konnte es ihm nicht hoch genug anrechnen, daß er sich noch ein wenig Jugend und Reinheit bewahrt hatte – die widrigen Umstände hatten ihn weder gemein noch rachsüchtig gemacht.

Was er auch tat, um sich sein Leben so leicht wie möglich zu machen, all sein Tun wurde von der Notwendigkeit diktiert. Er sprach selten, aber wenn er es tat, hatte das, was er sagte, Hand und Fuß.

Und als Mrs. Harris ihm den faszinierendsten Plan, der je ersonnen worden war, um einen kleinen Jungen aus einer gräßlichen Tyrannei zu befreien, und ihm drei reichliche Mahlzeiten täglich garantierte, noch genauer auseinandersetzte, saß er stumm da, hatte sich den Mund mit Hörnchen vollgestopft, aber er nickte, und seine klugen Augen verrieten, daß er alles verstand, was Mrs. Harris ihm Punkt für Punkt aufzählte, nämlich was er wann, wo und unter welchen Umständen zu tun habe. Aus diesen gleichen Augen sprach auch eine beträchtliche Verehrung für sie.

Er hatte es zwar gern, hin und wieder an Mrs. Butterfields wogenden Busen gedrückt und zärtlich gewiegt zu werden, aber allzuviel hatte er für solche Liebkosungen nicht übrig oder wollte es sich zumindest nicht eingestehen. Dagegen waren er und Mrs. Harris verwandte Seelen. Sie spürten einer im anderen den unabhängigen Geist, die Freude am Abenteuer, das mutige Herz, die verlangende Seele und die Fähigkeit, für das einzustehen, für das man einstehen mußte, und dann weiterzumachen.

Mrs. Harris machte nicht viel Theater mit ihm, aber sie sprach zu ihm wie zu ihresgleichen, denn sie waren einander gleich in dieser grimmigen Welt, in der man hart und unermüdlich arbeiten muß, um sich zu ernähren und zu kleiden, wo das Leben ein einziger Kampf ist und die helfenden Hände die eigenen sind.

In so vielem waren sie sich ähnlich. Niemand hatte zum Beispiel je gehört, daß der kleine Henry sich beklagte. Was ihm auch geschah – so war es nun einmal, und ebenso hatte niemand je Mrs. Harris klagen gehört. Sie war mit dreißig Jahren Witwe geworden, hatte ihre Tochter aufgezogen und verheiratet und sich und ihre Selbstachtung erhalten – und das alles mit ihrer Hände Arbeit, auf den Knien liegend und schrubbend oder über einen Mop, ein Staubtuch oder einen Spülstein voll schmutzigen Geschirrs gebeugt. Sie wäre die letzte gewesen, die sich für eine Heldin gehalten hätte, dennoch besaß sie einen gewissen Heroismus, genau wie der kleine Henry. Auch darin war er ihr ähnlich, daß er immer sofort begriff, worauf es ankam. Während Mrs. Harris Mrs. Butterfield stets alles lang und breit erklären mußte, was sie meist mit großer Geduld tat, verstand der kleine Henry sie sofort und nickte schon zustimmend, noch ehe Mrs. Harris die Hälfte von dem gesagt hatte, was sie sagen wollte.

Als Mrs. Harris jetzt damit fertig war, ihren Plan noch einmal Punkt für Punkt durchzugehen, warf Mrs. Butterfield, die das alles zum erstenmal hörte und für blanken Unsinn hielt, sich die Schürze über den Kopf und begann auf ihrem Stuhl hin und her zu rutschen und zu stöhnen.

«Nanu, meine Liebe, was ist?» sagte Mrs. Harris. «Bist du krank?»

«Krank», rief Mrs. Butterfield. «Man möchte es glauben! Wie man es auch bezeichnen mag, was du da tun willst, es ist ein schweres Verbrechen. Und es wird auch nicht klappen!»

Der kleine Henry stopfte sich einen letzten Bissen in den Mund, spülte ihn mit einem Schluck Tee hinunter, wischte sich die Lippen mit dem Handrücken ab, und während er seine großen Augen auf die zitternde Mrs. Butterfield richtete, sagte er schlicht: «Und warum nicht?»

Mrs. Harris warf den Kopf zurück und brach in ein lautes Gelächter aus. «Ach, Henry», sagte sie, «du bist ein Mann nach meinem Herzen!»

5

Wie alle aus der Notwendigkeit geborenen genialen Pläne war Mrs. Harris' Plan, den kleinen Henry in Southampton an Bord der «Ville de Paris» zu schmuggeln, wunderbar einfach, und das ganze Getriebe bei der Einschiffung, wie es ihr Mrs. Schreiber ausführlich erklärt hatte, kam ihm prächtig zustatten.

Da die Schreibers erster Klasse und die beiden Frauen Touristenklasse fuhren, konnten sie nicht zusammen reisen, und Mr. Schreiber hatte ihr genau gesagt, was sie zu tun hätten – sie mußten mit dem Schiffszug vom Waterloo-Bahnhof abfahren, kamen dann zum Pier von Southampton, wo sie, nachdem sie Zoll- und Paßkontrolle passiert hatten, das kleine Boot bestiegen, das sie zu dem Dampfer brachte. Dort würde man sie in ihre Kabine führen, und danach würde das Schiff in See stechen.

Bei diesen Instruktionen mußte Mrs. Harris an etwas denken, das sie auf dem Waterloo-Bahnhof erlebt hatte, als sie dort einmal in einen Vorortzug steigen wollte. Vor einer der Sperren hatte es einen kleinen Aufruhr gegeben: Die Leute hatten sich gedrängt und gestoßen, Kinder hatten geschrien und so weiter, als sie sich nach dem Grund dieses Tumults erkundigte, hatte man ihr gesagt, es habe nichts weiter zu bedeuten: es handle sich um die Abfahrt des Schiffszuges auf dem Höhepunkt der Saison. Als Mrs. Harris ihren Plan Mrs. Butterfield darlegte, überbot sich diese ständige Unglücksprophetin in Zittern, Jammern, Klagen, Die-Hände-Zusammenschlagen und Den-Himmel-zum-Zeugen-Anrufen und stöhnte, das alles könne nur dazu führen, daß sie den Rest ihres Lebens im Gefängnis verbringen würde, und sie, Mrs. Violet Butterfield, wolle nichts damit zu tun haben. Sie war zu dieser Wahnsinnsreise über den Ozean in ein Land bereit, wo der Tod an jeder Ecke lauerte, aber sie wollte das Unglück nicht dadurch noch größer machen, daß sie die Reise mit einem Kinderraub und Kinderschmuggel begann.

Mrs. Harris, die, wenn sie erst einen Plan gefaßt hatte, der ihr durchführbar schien, sich nicht davon abbringen ließ, sagte: «Aber, aber, Violet, ereifre dich doch nicht so! Wir werden schon über all die Klippen hinwegkommen.» Und mit bemerkenswerter Geduld und Beharrlichkeit gelang es ihr dann auch, alle Einwände ihrer Freundin zu zerschlagen.

Ihr Plan beruhte auf Erinnerungen an Fahrten, die sie mit ihren Eltern in ihrer Kindheit nach Clacton-on-Sea gemacht hatte, und die Dampferausflüge nach Margate, ein Luxus, den sie sich gelegentlich leisteten. Da sie arm waren, konnten die Eltern nur den Preis für zwei und nicht für drei Fahrkarten bezahlen. Wenn es Zeit wurde, durch die Sperre zu gehen und die Fahrkarten vorzuzeigen, mußte die kleine Ada, so hatte man es ihr beigebracht, sich von ihren Eltern trennen und sich einer großen Familie mit fünf oder mehr Kindern anschließen, bis sie durch die Sperre hindurch waren. Die Erfahrung hatte sie gelehrt, daß in dem Sonntagsgedränge der geplagte Mann an der Sperre nicht zu sehen vermochte, ob fünf oder sechs Kinder an ihm vorübergingen, und der ebenso geplagte Familienvater nicht merkte, daß er plötzlich noch ein kleines Mädchen mehr hatte. Sobald sie auf dem Bahnsteig waren und der Pater familias, dem vielleicht auffiel, daß es mit seiner Brut nicht ganz stimmte, die Häupter seiner Lieben zählte, trennte sich die kleine Ada wieder von dieser Gruppe und kehrte zu ihren Eltern zurück.

Es gab aber auch noch einen anderen Trick – falls nämlich keine kinderreiche Familie aufkreuzte. Vater und Mutter gingen mit ihren Fahrkarten durch die Sperre, und ein paar Sekunden später begann die kleine Ada laut zu schreien: «Ich bin verloren! Ich bin verloren! Ich habe meine Mummi verloren!» Wenn diese Vorstellung ihren Höhepunkt erreicht hatte und sie ihren vor Angst schon halb wahnsinnigen Eltern zurückgebracht wurde, dachte niemand daran, eine Fahrkarte von ihr zu verlangen. Der Ausflug ging dann glücklich vonstatten.

Mrs. Butterfield, die in ihrer Jugend Ähnliches erlebt hatte, mußte zugeben, daß keiner dieser Tricks jemals mißlungen war. Aber mit ihren Unglücksprophezeiungen kam sie auch gegen Mrs. Harris' Überlegenheit als Weltreisende nicht an.

«Vergiß nicht, Liebe», sagte Mrs. Harris, «es ist ein französisches Schiff. Bei denen geht alles drunter und drüber. Sie müssen bei allem schreien und die Arme schwenken. Du wirst es sehen.»

Mrs. Butterfield machte noch einen weiteren Versuch. «Aber wenn er in unserer Kabine ist, werden sie ihn dann nicht finden?» stammelte sie mit zitterndem Doppelkinn.

Mrs. Harris, die jetzt leicht ungeduldig wurde, brummte: «Lieber Himmel, streng mal deinen Verstand an! Wir haben doch ein Badezimmer!»

Und das stimmte auch. Mrs. Schreiber war so überglücklich gewesen, daß sie zwei dienstbare Geister mitnehmen konnte, die sie gern hatte und denen sie vertraute, daß sie ihren Mann dazu überredet hatte, für sie eine der besten verfügbaren Kabinen in der Touristenklasse zu buchen, eine der wenigen, die mit einem Badezimmer verbunden und eigentlich für größere Familien bestimmt waren. Man hatte Mrs. Harris die Räumlichkeiten auf einem Plan des Schiffes gezeigt, und obwohl sie nicht genau wußte, welche Rolle das Badezimmer spielen würde, wenn sie an Bord des Schiffes waren, so schien es ihr doch als Zufluchtsort, in den man sich, wenn Gefahr drohte, vorübergehend zurückziehen konnte, von großer Bedeutung zu sein.

6

Wie man sich vorstellen kann, war die Abreise von Mrs. Harris und Mrs. Butterfield in die Vereinigten Staaten ein Ereignis, das die kleine Straße in Battersea, als Willis Gardens bekannt, bis in ihre römischen Grundfesten erschütterte, und alle Freunde und Nachbarn der beiden mitsamt den unausstehlichen Gussets versammelten sich, um ihnen Lebewohl zu sagen. Die Erregung, die die Ankunft eines Taxis vor Nr. 5 und das Verladen alter Koffer und Taschen auf dem Verdeck und neben dem Sitz des Chauffeurs bewirkte, war so groß, daß niemand sich über die Abwesenheit des kleinen Henry Brown Gedanken machte oder sie auch nur bemerkte.

Wie alle, die nur selten verreisen, hatten die beiden Frauen viel mehr mitgenommen, als sie je brauchen würden, darunter Fotos, Nippes und allerlei ihnen teuren Krimskrams aus ihren Wohnungen, und so war auch das Innere des Taxis mit Gepäck vollgestopft und schien für die rundliche Mrs. Butterfield und die zierliche Mrs. Harris kaum Raum zu lassen.

Als der Taxifahrer erfuhr, daß sie wirklich und wahrhaftig nach Amerika reisten, war er tief beeindruckt, wurde hilfreicher und bemühter und behandelte die beiden Damen mit der Ehrerbietung, die man einer Königlichen Hoheit schuldet, befestigte ihre Kisten und Koffer und spielte vor der zum Abschied versammelten Menge seine Rolle mit einem feinen Sinn für Dramatik.

Mrs. Harris nahm all die ihr erwiesene Ehrerbietung und das Interesse und die Erregung der Freunde und Nachbarn anmutig hin, rief ihnen liebevolle Abschiedsworte zu und gab zugleich dem Taxifahrer die strenge Anweisung, mit diesem oder jenem Gepäckstück besonders behutsam umzugehen, aber die arme Mrs. Butterfield vermochte nicht viel mehr zu tun als zu zittern, zu schwitzen und sich zu fächeln, da sie unentwegt daran denken mußte, was für ein schreckliches Verbrechen zu begehen sie im Begriff waren und was ihnen in der nächsten Zukunft drohte oder ob das, was sie vorhatten, gelingen würde.

Das Benehmen der Gussets verriet ihren Neid und zeigte zugleich schamlos, wie froh sie waren, die beiden loszuwerden. Unter ande-

Der fingierte Kindsverlust ...

. . . ist eine prächtige Methode, um Geld zu sparen. Sie kann sich neben den besten Schottentricks sehen lassen, ja sie ist sogar dem berühmten Koffertrick wegen des geringeren Risikos vorzuziehen. Sie kennen den doch? Also: MacNobody fährt in Glasgow mit dem Bus, hält seinen Koffer zur offenen Plattform hinaus. Als der Schaffner kommt, will MacNobody für den Koffer nicht bezahlen: der befindet sich ja nicht im Inneren. Heftiger Wortwechsel. Der Bus fährt über die King's Bridge, der Schaffner schlägt dem Fahrgast auf den Arm, der Koffer fällt in die Clyde. Da schreit MacNobody empört: «Mörder! Da war mein Bruder drin!»

Man sollte eben beim Sparen die möglichen Risiken abwägen.

rem bedeutete für sie die Abreise der beiden Frauen eine Zeit, in der sie das ihrer Pflege anvertraute Kind ungestört mißhandeln konnten.

Zum großen Teil war es auch wirklich Mrs. Harris gewesen, die ihre Grausamkeit in Grenzen gehalten hatte, denn sie fürchteten sie ein wenig und wußten, daß sie nicht zögern würde, ihnen die Polizei auf den Hals zu hetzen, wenn sie es zu arg trieben. Jetzt, da zwei Augen- und Ohrenpaare nichts mehr von ihrem Treiben sehen und hören konnten, brauchten sie sich keinen Zwang mehr anzutun. Die Gussetkinder erwartete eine herrliche Zeit. Und wenn dem Mann eines seiner anrüchigen Geschäfte in Soho schiefging und der kleine Henry ihm zufällig in die Finger fiel, konnte er seiner üblen Stimmung freien Lauf lassen. Das Kind würde nichts zu lachen haben, und Freude über die Abreise seiner beiden Gönnerinnen spiegelte sich in allen Gesichtern der Gussets – Mutter, Vater und Kinder.

Endlich war der letzte Koffer verstaut und befestigt; der Fahrer hatte sich hinter sein Steuerrad gesetzt und ließ den Motor an. Die schwitzende Mrs. Butterfield und die strahlende Mrs. Harris zwängten sich in das Taxi, jede einen kleinen Blumenstrauß, der mit einem silbernen Band zusammengebunden war, an sich pressend, den ihnen im letzten Augenblick Freunde in die Hand gedrückt hatten, und unter Rufen wie «Viel Glück!» – «Seien Sie vorsichtig!» – «Schicken Sie uns eine Postkarte!» – «Vergessen Sie nicht zurückzukommen!» – «Grüßen Sie den Broadway von mir!» – «Vergessen Sie nicht zu schreiben!» und «Gott sei mit Ihnen!» fuhren sie davon.

Das Auto beschleunigte sein Tempo. Mrs. Butterfield und Mrs. Harris drehten sich noch einmal um und sahen durch das Hinterfenster ihre Freunde immer noch winken und ihnen nachblicken, während einige der Gussetkinder ihnen eine lange Nase machten.

«Ach, Ada», stammelte Mrs. Butterfield, «ich habe solche Angst. Wir sollten es nicht tun. Was wird, wenn...?» Aber Mrs. Harris, die während der Abfahrt selber beträchtlich nervös gewesen war und ein bißchen Theater gespielt hatte, übernahm jetzt das Kommando und riß sich zusammen. «Sei still, Vi», befahl sie. «Es wird alles gut gehen. Doch, Gott strafe mich, Liebe, ich habe nur die eine Sorge, daß du uns alles verpatzen wirst. Denke vor allem daran, wenn wir dorthin kommen, daß du aus dem Hinterfenster sehen mußt.»

Während sie das sagte, klopfte sie mit einem Penny an die Scheibe hinter dem Fahrer, und als dieser sein großes Ohr an die Öffnung hielt, sagte sie: «Fahren Sie um die Ecke über den Gifford Platz in die Hansbury Street. Dort an der Ecke ist ein Gemüseladen... Der Besitzer heißt Warbles.»

Der Taxifahrer wählte einen schlechten Augenblick, um zu scherzen: «Ich dachte, meine Damen, Sie führen nach Amerika», und war erstaunt über die scharfe Antwort, die er von Mrs. Harris bekam.

«Tun Sie, was ich Ihnen sage, und reden Sie kein dummes Zeug», sagte sie, denn auch sie wurde von neuem nervös, da sich der Augenblick nahte, in dem Träume, die so leicht zu verwirklichen zu sein scheinen, in die Tat umgesetzt werden sollen, was sehr oft nicht so einfach ist.

Das Taxi hielt vor dem Laden. Warbles stand davor und riß für eine Kundin das Kraut von Karotten ab.

«Ausgerechnet muß der draußen stehen», sagte Mrs. Harris und fügte ein recht derbes Wort hinzu. Aber gerade da wurde der Gemüsehändler von drinnen gerufen und eilte hinein.

«Jetzt», sagte Mrs. Harris gebieterisch zu Mrs. Butterfield, die schon ängstlich durch das Hinterfenster spähte. «Siehst du jemanden?»

«Ich weiß nicht», stotterte Mrs. Butterfield. «Ich glaube nicht. Jedenfalls niemanden, den wir kennen.»

Mrs. Harris beugte sich zu der Öffnung in der Scheibe vor und flüsterte in das rote Ohr: «Hupen Sie dreimal!» Der Fahrer, der sich keinen Reim darauf machen konnte, gehorchte eingeschüchtert. Hinter einem Stapel von Kisten mit Kohl tauchte die Gestalt eines kleinen dunkelhaarigen Jungen auf, der, weder nach rechts noch nach links blickend, auf die Tür des Wagens zulief, die Mrs. Harris für ihn aufhielt. Mit der Flinkheit und Geschicklichkeit eines Wiesels kroch der Junge unter die in dem Taxi aufgetürmten Koffer und war verschwunden.

Die Tür wurde laut zugeschlagen. «Waterloo», zischte Mrs. Harris in das Ohr.

«Na, so was», sagte der Chauffeur zu sich selbst und gab Gas. Daß die beiden respektablen Putzfrauen, die sich soeben von einer respektablen Nachbarschaft verabschiedet hatten, um nach Amerika zu fahren, vielleicht Kidnapperinnen waren, dieser Gedanke kam ihm nicht.

7

Es ist eine Tatsache, daß nichts so beachtet wird wie ein Kind, das beachtet werden will, aber ebenso stimmt das Gegenteil, daß nichts so unsichtbar ist wie ein Kind, das sich unsichtbar machen möchte, und das besonders, wenn es das in einer großen Menschenmenge tun kann.

Dies war eine Methode, die Mrs. Harris und auch dem kleinen Henry wohlbekannt war. Und so war es für Mrs. Harris nicht schwierig, als die Schreibers ihnen auf dem überfüllten Bahnsteig entgegenkamen, was Mrs. Butterfield einen kleinen Entsetzensschrei entlockte, Henry verschwinden zu lassen. Sie gab ihm einen leichten Klaps auf den Hintern, was das verabredete Zeichen war, und sofort entfernte er sich und stellte sich neben jemand anders. Da die Schreibers ihn noch nie gesehen hatten, sahen sie in ihm nichts anderes als das Kind irgendeines Reisenden, das, neben einem Gepäckstück stehend, in den Himmel starrte und anscheinend sich selbst ein Lied sang.

«Ach, da sind Sie ja», sagte Mrs. Schreiber ganz außer Atem. «Ist alles in Ordnung? Nun, das wird es schon sein. Haben Sie schon einmal so viele Leute gesehen? Ich habe Ihnen doch wohl Ihre Fahrkarten gegeben? Ach, lieber Gott, es macht mich alles ganz konfus!»

Mrs. Harris versuchte, ihre Herrin zu beruhigen. «Machen Sie sich nur keine Sorgen», sagte sie. «Es ist alles klar. Die Sache wird wie am Schnürchen gehen. Ich habe ja Violet bei mir, die sich meiner annimmt.» Mrs. Butterfield, die jetzt noch mehr schwitzte und sich noch mehr fächelte, entging die Ironie dieser Bemerkung. Es war ihr, als müßten die Schreibers fragen: ‹Was ist da für ein kleiner Junge bei Ihnen?›, obwohl er im Augenblick gar nicht da war.

«Sie hat vollkommen recht, Henrietta», sagte Mr. Schreiber. «Du vergißt, daß Mrs. Harris ganz allein nach Paris geflogen und dort eine Woche geblieben ist.»

«Ja, gewiß», stammelte Mrs. Schreiber. «Ich fürchte, Sie werden uns auf dem Schiff nicht besuchen dürfen.» Sie wurde plötzlich dunkelrot, weil sie damit auf den Klassenunterschied angespielt hatte, der unamerikanisch und undemokratisch war, und fügte rasch hinzu: «Sie wissen ja, daß sie nie jemandem gestatten, von einem Teil des Schiffes zu einem anderen zu gehen. Ich meine, wenn Sie dort etwas brauchen, können Sie uns natürlich eine Nachricht schicken... Ach, lieber Gott...»

Mr. Schreiber befreite seine Frau aus ihrer Verlegenheit mit den Worten: «Natürlich, natürlich. Es wird Ihnen an nichts fehlen. Komm, Henrietta, es ist besser, wir setzen uns wieder in unser Abteil.»

Mrs. Harris wünschte ihnen zum Abschied Hals- und Beinbruch, und als die Schreibers gegangen waren, kam fast unmerklich der kleine Henry herübergeschlichen und stellte sich wieder neben Mrs. Harris. «Das hast du fein gemacht, mein Liebling», lobte sie ihn. «Du bist ein kluges Kind. Du wirst es schaffen.»

Während sie das sagte, nahmen ihre strahlenden kleinen frechen Augen die um sie herumstehenden Menschen aufs Korn, Reisende ebenso wie deren Freunde, die gekommen waren, um sie abfahren zu sehen. Beide ließen sich leicht voneinander unterscheiden, denn die Reisenden sahen nervös und sorgenvoll aus, und die ihnen das Geleit Gebenden machten heitere und unbekümmerte Gesichter.

Mehrere Abteile weiter stand vor einer offenen Wagentür eine große amerikanische Familie, Vater, Mutter und eine riesige Zahl von Kindern, um die herum sich ein hoher Berg von Handgepäck türmte. Man konnte nicht sagen, ob es fünf oder sechs waren, denn sie liefen und sprangen um die Gepäckstücke herum und spielten Verstecken, so daß nicht einmal Mrs. Harris sie genau zu zählen vermochte. Nachdem sie sie einen Augenblick lang betrachtet hatte, zog sie den kleinen Henry am Arm, deutete auf die Gruppe, beugte sich zu ihm hinunter und flüsterte ihm ins Ohr: «Die da!»

Der kleine Henry antwortete nicht, sondern nickte nur ernst, und mit seinen traurigen, klugen Augen musterte er die Kinder, um sich ihnen später besser anpassen zu können.

Es wäre spannender und dramatischer, wenn man berichten könnte, daß Mrs. Harris' Pläne ins Wanken kamen oder sogar durch das meist übelwollende Schicksal zunichte gemacht wurden. Aber so war es ganz und gar nicht.

Glatt und ohne jeden Zwischenfall gelangten sie vom Waterloo-Bahnhof nach Southampton, von Southampton auf das kleine Boot und von dem kleinen Boot auf den großen Dampfer, dessen schwarzer Rumpf mit Luken besät war und den ein kremfarbener Oberbau und ein lustig angestrichener Schornstein überragten, die «Ville de Paris». Sobald sich jemand näherte, der auch nur von fern einem Schaffner, Kontrolleur, Paß- oder Zollbeamten ähnelte, wurde der kleine Henry seelenruhig und unauffällig ein zeitweiliges Mitglied der Familie des Professors Albert R. Wagstaff, Lehrer für mittelalterliche Literatur am Bonzana College in Bonzana, Wyoming. Mit ihrem untrüglichen Instinkt war es Mrs. Harris gelungen, für ihre Zwecke einen zerstreuten Professor auszuwählen.

So wenig sicher Dr. Wagstaff manchmal war, ob seine Familie aus sechs oder sieben Personen bestand, so wenig wußte er auch, wie viele Gepäckstücke er bei sich hatte. Jedesmal, wenn er sie zählte, ergab sich eine andere Zahl, bis seine Frau ärgerlich rief: «Ach, um Gottes willen, hör mit dem Zählen auf, Albert. Entweder sind alle da oder nicht!»

Da Dr. Wagstaff stets vor seiner Frau eine Heidenangst hatte, erwiderte er: «Ja, Liebste», und hörte sofort mit dem Zählen nicht nur des Gepäcks, sondern auch der Kinder auf, obwohl er immer wieder das Gefühl hatte, es sei plötzlich eines mehr. So war die Aufgabe des kleinen Henry vergleichsweise einfach, und, wie schon gesagt, es ging alles glatt.

Eine kleine Spannung entstand, als die drei – Mrs. Harris, Mrs. Butterfield und Henry – sicher in der Kabine Nr. A 134 der Touristenklasse geborgen waren, die ziemlich geräumig und recht hübsch eingerichtet war, mit zwei unteren und zwei oberen Betten und einem Wandschrank, und an die sich ein Badezimmer anschloß. Plötzlich hallten nämlich schwere Schritte durch den Flur, und kurz darauf klopfte es laut und kräftig an die Tür.

Mrs. Butterfields rotes Gesicht wurde rosa, was bei ihr bedeutete, daß sie blaß wurde. Sie stieß einen kleinen Schrei aus und sank schwitzend und sich fächelnd auf einen Stuhl. «Lieber Gott», stöhnte sie, «jetzt ist alles aus!»

«Sei still», befahl Mrs. Harris kühl, und dann flüsterte sie dem kleinen Henry zu: «Geh schnell in das hübsche Badezimmer, mein Jungchen, setze dich auf die Toilette und sei still wie eine Maus, während wir mal sehen wollen, wer zwei wehrlose nach Amerika reisende Damen stören will. Du kannst gleich dein Geschäft verrichten, wenn du willst.»

Als Henry in Sekundenschnelle in dem Badezimmer verschwunden war, öffnete Mrs. Harris die Kabinentür und stand einem schwitzenden und mitgenommen aussehenden Steward in weißer Jacke, deren Kragen aufgeknöpft war, gegenüber. «Entschuldigen Sie die Störung», sagte er. «Ich möchte Ihre Schiffskarten abholen.»

Mit einem Blick auf Mrs. Butterfield, deren Gesichtsfarbe sich von rosa in krebsrot verwandelt hatte und die einem Schlaganfall nahe zu sein schien, sagte Mrs. Harris: «Natürlich» und holte sie aus ihrer Plastiktasche heraus. «Heiß, was?» fügte sie freundlich hinzu. «Meine Freundin hier ist schon ganz in Schweiß gebadet.»

«Ah oui», stimmte der Steward zu. «Ich mache es Ihnen kühler», und er stellte den elektrischen Ventilator an.

«Viele Leute», sagte Mrs. Harris. Das war, als habe sie auf einen Knopf gedrückt und damit die Nervosität des Stewards auf Hochtouren gebracht. Er schwenkte nämlich plötzlich die Arme und schrie: «Oui! Oui! Oui! – Menschen, Menschen, Menschen, überall Menschen! Sie machen einen noch verrückt!»

«Sind die Kinder nicht am schlimmsten?» fragte Mrs. Harris. Damit schien sie auf einen noch stärkeren Knopf gedrückt zu haben. «O lala», brüllte der Steward und schwenkte die Arme noch heftiger. «Haben Sie gesehen? Kinder, Kinder, Kinder, überall Kinder. Kinder machen mich wahnsinnig!»

«Da haben Sie recht», sagte Mrs. Harris. «Ich habe noch nie so viele gesehen. Man weiß gar nicht, wo sie sind und wo sie nicht sind. Wie sollen Sie die bloß alle aufspüren?»

«C'est vrai», erwiderte der Steward, «manchmal ist es unmöglich.» Nachdem er sich so etwas erleichtert hatte, sagte er: «Schönen Dank, Ladies. Wenn Sie etwas wünschen, läuten Sie nach Antoine. Ihre Stewardeß heißt Arline. Sie kümmert sich um Sie.» Und er eilte davon.

Mrs. Harris öffnete die Tür zum Badezimmer, blickte hinein und sagte: «Alles verrichtet? Du bist doch ein Goldkind. Du kannst jetzt herauskommen.»

«Muß ich jedesmal, wenn jemand klopft, im Badezimmer verschwinden?» fragte der kleine Henry.

«Nein, mein Liebling», erwiderte Mrs. Harris, «jetzt nicht mehr. Jetzt wird alles klappen.»

Und das tat es auch, da Mrs. Harris ihren psychologischen Samen zur rechten Zeit und in den richtigen Boden gesät hatte. Am Abend erschien der noch mitgenommener aussehende Antoine, um die Betten zu machen. Als er den kleinen Henry erblickte, sagte er: «Hallo, wer ist denn das?»

Mrs. Harris, die jetzt weder sanft, freundlich noch gesprächig war wie bei seinem ersten Kommen, antwortete: «Was soll das heißen, wer ist das? Das ist Henry, meiner Schwester kleiner Sohn. Ich bringe ihn ihr nach Amerika. Sie hat eine Stellung als Kellnerin in Texas bekommen.»

Der Steward machte ein noch verblüffteres Gesicht. «Aber vorhin war er doch nicht hier?»

Mrs. Harris wurde zornig: «Was war er nicht? Sie träumen wohl. Das Kind ist mein Augapfel, und seit wir Battersea verlassen haben, ist es immer bei mir gewesen.»

Der Steward stammelte: «Oui, Madame, aber . . .»

«Nichts aber», rief Mrs. Harris, zum Angriff übergehend. «Es ist nicht unsere Schuld, wenn ihr Franzosen euch um nichts erregt und den Kopf verliert und laut über Leute und Kinder zetert. Sie haben selber gesagt, Sie könnten die Kinder nicht alle auseinanderhalten. Aber hüten Sie sich, den kleinen Henry zu vergessen, oder wir werden ein Wörtchen mit einem der Offiziere sprechen müssen.»

Der Steward kapitulierte. Es war eine ungewöhnlich anstrengende Überfahrt. Im nächsten Gang war eine amerikanische Familie, die immer noch nicht genau zu wissen schien, wie viele Gepäckstücke und Kinder sie bei sich hatte. Außerdem hatte er die Schiffskarten bereits beim Zahlmeister abgegeben. Die Frauen wirkten ehrlich, und sicherlich war das Kind schon bei ihnen gewesen; es hatte ja schließlich auch durch die Paßkontrolle gemußt. Lange Jahre auf See und der Umgang mit Passagieren hatten ihn die Philosophie gelehrt, alles auf sich beruhen zu lassen und nicht näher nachzuforschen.

«Oui, oui, oui, Madame,» sagte er besänftigend. «Natürlich erinnere ich mich an ihn. Wie heißt er? Klein-Henry? Wenn du hier in der Kabine Antoine nicht zuviel Arbeit machst, werden wir alle eine sehr schöne Reise haben.»

Er machte die Betten und ging. Von da an war der kleine Henry ein voll anerkannter Passagier der «Ville de Paris» mit all den Vorrechten, die sich daraus ergaben. Niemand fragte mehr, wieso er da sei.

36

In Battersea, Willis Gardens Nr. 3, war die einzige Auswirkung von Mrs. Harris' gewagtem Coup, durch den sie den kleinen Henry für immer aus der Gewalt der Gussets befreit hatte, daß, als Mr. Gusset von einem seiner dunklen Geschäfte in Soho zurückkam, Mrs. Gusset, die im Schaukelstuhl saß und ihre Füße ausruhte, während die älteren Gussetkinder in der Küche das Abendessen bereiteten, die «Evening News», in der sie las, senkte und zu ihrer besseren Hälfte sagte: «Henry ist seit heute morgen verschwunden. Wahrscheinlich ist er ausgerissen.»

«Verschwunden», erwiderte Mr. Gusset. «Das ist gut.» Dann riß er ihr die Zeitung aus den Händen, befahl: «Jetzt mal aufgestanden, alte Dame», setzte sich selber in den frei gewordenen Schaukelstuhl und vertiefte sich in die in der Zeitung stehenden ersten Rennergebnisse.

8

«Ach, Lieber», sagte Henrietta Schreiber plötzlich, «ob ich wohl recht daran getan habe?» Sie saß vor dem Spiegel in ihrer Kabine und war dabei, sich das Gesicht zu schminken. Neben ihr lag eine Einladungskarte, auf der stand, daß Pierre René Dubois, Kapitän der «Ville de Paris», sich die Ehre gebe, Mr. und Mrs. Joel Schreiber zu einem Cocktail um sieben Uhr dreißig an diesem Abend in seine Kabine einzuladen. Auf der Schiffsuhr war es bereits sieben Uhr fünfunddreißig.

«Wieso?» sagte ihr Mann, der sich einen schwarzen Schlips umgebunden hatte und schon seit zehn Minuten fertig war.

«Du siehst wunderbar aus, Momma, wirklich, du hast nie besser ausgesehen. Aber ich finde, wir sollten jetzt gehen. Der französische Botschafter wird auch dort sein, wie der Steward gesagt hat.»

«Nein, nein», sagte Henrietta, «das meine ich nicht. Ich meine hinsichtlich Mrs. Harris.»

«Was ist mit Mrs. Harris? Ist etwas passiert?»

«Nein. Ich frage mich nur, ob es richtig war, daß wir sie und Mrs. Butterfield aus ihrem gewohnten Leben herausgerissen haben. Sie sind so sehr mit London verwachsen, weißt du. In Europa haben die Menschen für Putzfrauen und ihre Art Verständnis, aber ...»

«Du meinst, man wird uns auslachen, weil wir zwei waschechte Londonerinnen mitbringen?»

«O nein. Niemand wird über Mrs. Harris lachen.» Sie beschäftigte sich von neuem mit ihren Augenbrauen. «Ich möchte nur nicht, daß sie sich ängstigt. Mit wem kann sie sprechen? Mit wem sich befreunden? Du weißt ja, was für Snobs die Amerikaner sind.»

Das Warten hatte Mr. Schreiber etwas ungeduldig gemacht. «Das hättest du dir vorher überlegen sollen», sagte er. «Sie kann doch mit Mrs. Butterfield sprechen.»

Mrs. Schreibers Mundwinkel zogen sich nach unten. «Sei mir nicht böse, Joel. Ich bin so stolz, daß du jetzt Präsident bist, und ich möchte alles tun, daß du es in New York angenehm hast – und sie ist eine so wunderbare Hilfe. Vielleicht sitzt sie jetzt da und weint sich die Augen aus und fühlt sich unter all den Fremden todunglücklich.»

Mr. Schreiber trat zu seiner Frau heran und gab ihr einen liebevollen Klaps auf die Schulter. «Nun, jetzt ist es zu spät», sagte er, «aber morgen werde ich vielleicht einmal in die Touristenklasse gehen und nach ihr sehen. Aber wie wäre es, wenn wir jetzt gingen, Baby? Wenn du dich auch noch eine Stunde schminktest, würdest du nicht schöner aussehen als jetzt. Du wirst die bestaussehende Frau dort sein.»

Henrietta schmiegte ihre Wange einen Augenblick an seine Hand und sagte: «Ach, Joel, du bist so gut zu mir. Verzeih, daß ich mir immer soviel Sorgen mache.»

Sie verließen ihre Kabine, vor der ihr Steward wartete. Er geleitete sie bis zu der Privattreppe, über die man die Räume des Kapitäns erreichte. Sie stiegen sie hinauf, wurden oben von einem anderen Steward empfangen, der sie nach ihrem Namen fragte und sie dann zu der Tür der riesigen Kabine führte, aus der lautes Stimmengewirr und Gläserklirren herausklangen, ein Zeichen, daß die Cocktailparty schon in vollem Gang war. Im Wogen dieses Lärms drang plötzlich ein seltsamer Satz an Mrs. Schreibers Ohr: «Lieber Gott, ja. Der Marquis und ich sind alte Freunde aus Paris.»

Es war einfach unmöglich, weil es nicht sein konnte, und Mrs. Schreiber sagte zu sich selbst: ‹Es kommt daher, weil ich, ehe wir heraufkamen, an Mrs. Harris gedacht habe.›

Der Steward ging hinein und meldete: «Mr. und Mrs. Joel Schreiber», worauf die Unterhaltung verstummte und alle Mäner sich erhoben.

Wenn man so spät zu einer Cocktailparty kommt, dreht sich einem alles vor den Augen. Man sieht alle, und man sieht keinen. Einen schrecklichen Moment lang schien Mrs. Schreiber etwas zu erblicken, das noch unmöglicher war als das, was sie eben gehört hatte. Es war Mrs. Harris, die zwischen dem Kapitän und einem vornehm aussehenden Franzosen mit weißem Haar und Schnurrbart stand – Mrs. Harris in einem sehr eleganten Kleid.

Der Kapitän, ein hübscher Mann in Galauniform mit goldenen Tressen, sagte: «Ah, Mr. und Mrs. Schreiber. Wie freue ich mich, daß Sie gekommen sind!», und dann stellte er mit einer gekonnten Handbewegung vor und nannte Namen, die Mrs. Schreiber nur mit halbem Ohr vernahm, bis er zu den letzten zwei kam, und da war kein Irrtum mehr möglich:

«Seine Exzellenz, Marquis Hipolyte de Chassagne, der neue französische Botschafter in Ihrem Land, und Madame Harris.»

Es war also wirklich wahr. Dort stand strahlend Mrs. Harris mit ihren Apfelbäckchen und den kleinen frechen Augen. Sie war nicht auffallend, aber sehr gut angezogen, ja, besser als die meisten anderen Frauen. Und es war nicht einmal so sehr die Anwesenheit von Mrs. Harris wie ihre Erscheinung, die Henrietta verblüffte. Alles, was sie denken konnte, war: Wo habe ich das Kleid schon einmal gesehen?

Mrs. Harris nickte anmutig, und dann sagte sie zu dem Marquis: «Das ist sie, von der ich Ihnen erzählt habe. Ist sie nicht entzückend? Wenn sie nicht gewesen wäre, hätte ich nie die Dollars bekommen, um nach Paris zu fahren und mir mein Kleid zu kaufen, und jetzt nimmt sie mich nach Amerika mit.»

Der Marquis ging auf Henrietta Schreiber zu, nahm ihre Hand in die seine und hielt sie einen Augenblick lang an seine Lippen. «Madame», sagte er, «ich bin entzückt, einen Menschen mit warmem Herzen kennenzulernen, der ein warmes Herz beim anderen zu erkennen vermag. Sie müssen ein sehr guter Mensch sein.»

Die kleine Rede, die Mrs. Schreiber für den Rest der Reise eine besondere gesellschaftliche Stellung gab, verschlug ihr den Atem, und sie konnte das alles immer noch nicht fassen. «Aber... aber Sie kennen unsere Mrs. Harris?»

«Ja, natürlich», erwiderte der Marquis, «wir haben uns bei Dior in Paris kennengelernt und sind alte Freunde.»

Es war folgendes geschehen: Als er durch seinen Chauffeur erfahren hatte, daß Mrs. Harris an Bord des Schiffes, in der Touristenklasse, war, hatte er zu dem ihm befreundeten Kapitän gesagt: «Wissen Sie, Pierre, daß Sie eine äußerst bemerkenswerte Frau an Bord haben?»

«Meinen Sie die Gräfin Touraine?» fragte der Kapitän, dessen Aufgabe es natürlich war, die Passagierliste zu studieren. «Ja, sie ist enorm talentiert, aber, wenn ich sagen darf, ein bißchen...»

«Nein, nein», sagte der Marquis. «Ich spreche von einer Londoner Putzfrau, die den ganzen Tag auf den Knien die Fußböden ihrer Kunden in Belgravia schrubbt oder ihr schmutziges Geschirr abwäscht... Aber wenn Sie in ihren Kleiderschrank gucken, werden Sie dort die exquisiteste Creation des Hauses Christian Dior hängen sehen, ein Kleid im Wert von vierhundertfünfzig Pfund, das sie für sich selbst erstanden hat.»

Der Kapitän war ehrlich erstaunt. «Was sagen Sie da? Das ist ja nicht zu glauben. Diese Person ist an Bord meines Schiffes? Was macht sie hier? Wohin fährt sie denn?»

«Gott allein weiß», antwortete der Marquis, «was sie in Amerika will, was dort zu ergattern sie sich in den Kopf gesetzt hat. Ich kann Ihnen nur sagen, daß, wenn eine Frau wie sie sich etwas vorgenommen hat, nichts sie davon zurückhalten kann.» Und dann erzählte er dem Kapitän die Geschichte von Mrs. Harris, wie sie nach Paris gekommen war, um sich ein Diorkleid zu kaufen, und wie sich das auf alle, mit denen sie dort in Berührung gekommen war, ausgewirkt hatte.

Als der Marquis seine Erzählung beendet hatte, war der Kapitän noch neugieriger geworden und hatte gesagt: «Und diese Frau ist an Bord, und Sie sagen, sie sei eine Freundin von Ihnen? Nun, dann werden wir sie zu einem Drink einladen. Es wird mir eine Ehre sein, sie kennenzulernen.»

Und so hatte Mrs. Harris genau die gleiche Einladungskarte erhalten wie die Schreibers, nur daß auf ihrer Karte noch stand: «Ein Steward wird Sie in Ihrer Kabine abholen und in die Räume des Kapitäns führen.»

Bevor Mrs. Schreiber von ihrem Mann getrennt wurde, fand er noch Zeit, ihr zuzuflüstern: «Es sieht so aus, als ob du dir keine Sorgen um Mrs. Harris zu machen brauchtest. Meinst du nicht auch?» Diese gelassene und selbstsichere Dame plauderte jetzt selig und unbefangen mit dem Kapitän. Sie schien bei ihrem Pariser Besuch in ein kleines Restaurant an der Seine geführt worden zu sein, das auch das Lieblingslokal des Kapitäns war, wenn er nach Paris kam, und sie tauschten ihre Eindrücke aus.

Der Herr, der neben Henrietta saß, sagte zu ihr: «Genießen Sie die Reise, Mrs. Schreiber?» und war etwas erstaunt, als er die Antwort erhielt: «Ach, du lieber Himmel, es ist eins, das ich ihr geschenkt habe.» Er konnte natürlich nicht ahnen, daß das Kleid, das Mrs. Harris trug, ihr vor mehreren Jahren von Mrs. Schreiber geschenkt worden war, nachdem sie es nicht mehr gebrauchen konnte, und daß sie es soeben wiedererkannt hatte.

9

Auf der Reise ging alles so glatt, daß Mrs. Harris sich in einer falschen Sicherheit wiegte. Obwohl sie Optimistin war, hatte das Leben sie gelehrt, daß oft, wenn alles wie am Schnürchen zu gehen scheint, schon an der nächsten Ecke Schwierigkeiten lauern. Aber das Leben auf dem großen Schiff war so wundervoll, das Essen, die Gesellschaft, die Unterhaltung so prächtig, daß selbst Mrs. Butterfield angefangen hatte, sich in dieser *ambiance* zu entspannen und zuzugeben, daß Tod und Vernichtung vielleicht nicht ganz so dicht bevorstanden, wie sie es sich ausgemalt hatte.

Drei Tage lang soviel Gutes essen zu können, wie er in sich hineinstopfen konnte, dazu Sonnenschein und die liebevolle Verwöhnung durch die beiden Frauen, hatte bei Henry bereits eine Veränderung bewirkt. Er war schon nicht mehr so mager und sah nicht mehr so blaß aus.

Die «Ville de Paris» fuhr ohne die geringste Erschütterung über das spiegelglatte, ruhige Meer, und wie Mrs. Harris sich selbst sagte, war alles einfach prima – aber die Katastrophe war nur noch achtundvierzig Stunden entfernt, und als sie ihrer gewahr wurde, nahm sie so erschreckende Dimensionen an, daß sie nicht einmal Mrs. Butterfield ins Vertrauen zog, aus Angst, daß ihre Freundin in übergroßem Entsetzen vielleicht versucht sein könnte, über Bord zu springen.

Das alles kam durch eine Unterhaltung in dem Freundeskreis, mit dem sich Mrs. Harris umgeben hatte, und bei der zum Glück Mrs. Butterfield zufällig nicht anwesend war.

Wie es auf solchen Reisen gewöhnlich geschieht, wurde Mrs. Harris bald Mitglied eines britischen Klubs, der sich mitten auf dem Atlantischen Ozean an Bord dieses schwimmenden Hotels gebildet hatte. Er bestand aus einem älteren eleganten Chauffeur, zwei Mechanikern, die eine britische Firma nach Amerika schickte, wo sie in einer Munitionsfabrik ein neues Herstellungsverfahren studieren sollten, und einem Ehepaar aus Wolverhampton, das zum Besuch seiner Tochter hinüberfuhr, die einen GI geheiratet hatte, und des Enkelkindes. Auch Mrs. Butterfield gehörte dazu. Sie saßen alle an dem gleichen Tisch, und bald standen auch ihre Deckstühle nebeneinander. Im Grunde sprachen sie alle die gleiche Sprache und mochten und verstanden einander.

Während Mrs. Harris die Seele dieses Klubs war, war der Chauffeur, Mr. John Bayswater aus Bayswater, dem, wie er selber sagte, feinsten Londoner Bezirk, das unbestrittene Haupt des Kreises, und alle sahen zu ihm auf. Erstens war er nicht nur ein Chauffeur mit langer Berufserfahrung – er fuhr schon fünfunddreißig Jahre –, ein kleiner grauhaariger Mann in den Sechzigern, dessen Anzüge gut geschnitten waren und einen tadellosen Geschmack verrieten, sondern ein Rolls-Royce-Chauffeur. Sein Leben lang hatte er nie einen anderen Wagen gefahren. Er hatte nicht einmal unter die Haube eines anderen geguckt. Andere Wagen existierten überhaupt nicht für ihn. Es gab nur ein Fabrikat, und das war Rolls-Royce. Er war Junggeselle und hatte statt Frauen oder Geliebten eine Reihe dieser Wagen besessen, und sie beanspruchten seine ganze Zeit und Aufmerksamkeit.

Aber nicht dies allein zeichnete ihn aus, sondern noch etwas anderes: Er fuhr jetzt nämlich nach Amerika als Chauffeur des Marquis

Hipolyte de Chassagne, des neuernannten Botschafters Frankreichs in den Vereinigten Staaten.

Er war ein glücklicher und zufriedener Mann, dieser Mr. Bayswater, denn im Rumpf der «Ville de Paris» fuhr der neueste, feinste, modernste und funkelndste Rolls-Royce mit einer himmel- und rauchblau getönten Karosserie von Hooper mit, den er je gefahren hatte. Zur Feier der Krönung seiner diplomatischen Karriere durch seine Berufung als Botschafter in die Vereinigten Staaten hatte der Marquis, der in England erzogen war und seine Vorliebe für britische Autos immer beibehalten hatte, sich den erlesensten Rolls-Royce geleistet, den er sich mit seinem Privatvermögen kaufen konnte.

Als es darum ging, einen Chauffeur zu finden, hatten die Rolls-Royce-Leute für ihn John Bayswater engagieren können, der schon einmal den britischen Botschafter in der gleichen Funktion in die Vereinigten Staaten begleitet hatte, einen der angesehensten und zuverlässigsten Rolls-Royce-Fahrer.

Mr. Bayswater beurteilte eine Stellung nicht nach dem Arbeitgeber, für den er tätig war, sondern nach der Art und Qualität des seiner Obhut anvertrauten Rolls-Royce. Wenn die Ernennung des Marquis der Gipfel von dessen Karriere war, so war die neue Stellung der von Mr. Bayswaters Karriere, da die Rolls-Royce-Gesellschaft ihn aufgefordert hatte, in die Fabrik zu kommen und selber Chassis und Motor auszusuchen. Daß der Marquis sich außerdem als ein angenehmer, verständnisvoller Arbeitgeber erwies, war noch das Tüpfelchen auf dem i. Aber es gab noch einen anderen Grund, warum Mr. Bayswater die Führung in dieser kleinen Gruppe übernehmen und halten konnte: Er war nämlich als einziger von ihnen schon einmal in Amerika gewesen. Er hatte die Überfahrt sogar schon zweimal gemacht – einmal mit einem 47 Silver Wraith, den er sehr geliebt hatte, und dann mit einem 53 Silver Cloud, von dem er nicht ganz so begeistert war, aber von dem er wußte, daß er ihn brauchte, und vor allem in dem fremden Lande.

Und gerade Mr. Bayswaters genaue Kenntnisse der Zeremonie, die dem Betreten der freien und demokratischen Vereinigten Staaten vorausging, jagte Mrs. Harris einen riesigen Schrecken ein und machte ihr bewußt, in was für einer Falle der kleine Henry, Mrs. Butterfield und sie selber durch ihre Schuld saßen.

Das Gespräch kam darauf, als Mrs. Butterfield, wie schon gesagt, nicht auf Deck war und das Ehepaar aus Wolverhampton, Mr. und Mrs. Tidder, sich über das Entsetzliche verbreiteten, das sie von amerikanischen Beamten hatten erdulden müssen, bevor man ihnen ein Besuchervisum für einen Aufenthalt in Amerika ausstellte. Mrs. Harris hörte mitfühlend zu, denn sie hatte die gleiche Prozedur über sich ergehen lassen müssen: Referenzen, Fingerabdrücke, Namen von Bürgen, finanzielle Lage, das Ausfüllen endloser Formulare und fast ebenso endlose Verhöre.

«Lieber Gott», sagte Mrs. Tidder, deren Mann pensionierter Beamter war, «man hätte glauben können, wir führen hinüber, um ein Stück des Landes zu rauben.» Dann seufzte sie: «Nun, aber man darf sich wohl nicht beklagen, denn sie haben uns unsere Visa gegeben, und es ist jetzt vorüber.»

Mr. Bayswater legte einen Monatsbericht der Rolls-Royce-Gesellschaft, den er studiert hatte, während er mit halbem Ohr dem Gespräch zuhörte, hin und brummte: «Ho, ho! Glauben Sie das wirklich? Warten Sie erst einmal, bis Sie den amerikanischen Einwanderungsbeamten gegenüberstehen. Die werden Sie erst durch den Wolf drehen! Ich werde nie vergessen, wie ich das erstemal hinüberkam. Es war nach dem Krieg. Sie haben mich zum Schwitzen gebracht. Haben Sie schon einmal von Ellis Island gehört? Das ist eine Art Gefängnis, wo sie Sie einsperren können, wenn ihnen Ihr Gesicht nicht gefällt. Warten Sie nur ab, bis Sie vor diesen Burschen sitzen und mit ihnen plaudern müssen. Wenn in Ihrem Paß nur ein kleiner Fleck ist oder ein Komma nicht an der richtigen Stelle steht, dann sind Sie geliefert!»

Mrs. Tidder stieß einen leisen Entsetzensschrei aus. «Ach, du liebe Zeit, ist das wirklich so?»

In Mrs. Harris' Magengrube bildete sich ein kleiner kalter Stein, den sie zu ignorieren versuchte. Sie sagte zu Mrs. Tidder: «Ach wo, das glaube ich nicht. Die Leute reden immer so viel. Es ist doch schließlich ein freies Land.»

«Nicht, wenn Sie hineinwollen», bemerkte Mr. Bayswater. «Es ist die reinste spanische Inquisition. ‹Wer sind Sie? Wohin fahren Sie? Wann? Warum? Für wie lange? Haben Sie je ein Verbrechen begangen? Sind Sie Kommunist? Wenn nicht, was sind Sie dann? Warum? Haben Sie nicht eine Wohnung in England? Was wollen Sie hier?› Darauf schnüffeln sie in Ihren Papieren. Der Himmel steh Ihnen bei, wenn darin etwas nicht stimmt. Dann können Sie auf der verdammten Insel hinter Gittern schmachten, bis jemand kommt und Sie herausholt.» Der Stein in Mrs. Harris' Magengrube wurde etwas größer und kälter und ließ sich kaum noch ignorieren. Bemüht, ihre Frage harmlos klingen zu lassen, sagte sie: «Machen sie das mit Kindern auch so? Die Amerikaner, die ich in London kennengelernt habe, waren immer gut zu Kindern.»

«Ha», brummte Mr. Bayswater wieder, «die Burschen nicht!» Und dann fügte er entgleisend, wie es bei ihm selten vorkam, hinzu: «Sie haben Kinder gefressen. Ein Baby auf dem Arm ist für sie wie eine Bombe. Wenn sie nicht den Namen in dem Paß und die Geburtsurkunde und die richtigen Papiere sehen, dann lassen sie es nicht durch. Wenn es soweit ist, dann treiben sie Sie alle in die Haupthalle, und dort müssen Sie Schlange stehen, bis Sie an einem Tisch einem Burschen in einer Gefängniswärter-Uniform gegenüber sitzen, mit Augen, die Sie durchbohren, und dann kann man Ihnen nur raten, die richtigen Antworten zu geben. Ich habe es erlebt, wie eine Familie drei Stunden festgehalten wurde, weil einem Beamten in Europa bei der Ausstellung der Papiere eines Kindes ein Fehler unterlaufen war. So etwas entdecken sie nur allzu gern. Na, und dann kommen die Zollbeamten. Die sind fast ebenso schlimm. Puh, ich kann Ihnen sagen!»

Der Stein war jetzt so groß wie eine Melone und so kalt wie ein Eisbrocken. «Entschuldigen Sie mich», sagte Mrs. Harris. «Mir ist nicht ganz wohl. Ich glaube, ich gehe lieber in meine Kabine und lege mich ein Weilchen hin.» Und sie tat es. Zwölf unselige Stunden lang quälte Mrs. Harris sich allein mit dieser furchtbaren Neuigkeit und dem sich daraus ergebenden Problem herum, wobei es ihr gelang, das Ausmaß der Gefahren noch zu vergrößern und sich alles noch düsterer auszumalen. Und Mr. Bayswaters gebildeter Vergleich mit der spanischen Inquisition, der vor Mrs. Harris' innerem Auge Bilder von Kerkern, Folterbänken und Folterungen mit glühenden Eisen hatte auftauchen lassen, vermochte ihre Unruhe auch nicht zu beschwichtigen.

Mit jedem Engländer oder sogar Franzosen wäre sie als Londoner Putzfrau fertig geworden, aber was Mr. Bayswater von der Unbarmherzigkeit der amerikanischen Einwanderungsbehörde und dem bürokratischen Gehaben, durch das einem das Betreten des Landes schwergemacht wurde, gesagt hatte, ließ sie sich, auch wenn er vielleicht etwas übertrieben hatte, völlig hilflos fühlen. Es würde nicht ein solches Gedränge und Durcheinander geben wie auf dem Bahnsteig des Waterloo-Bahnhofs und am Einschiffungspier in Southampton; keine freundlichen englischen Beamten, die es bei der Paßkontrolle nicht so genau nahmen und Mitgefühl mit einem geplagten Familienvater hatten; keine Möglichkeit, daß der kleine Henry sich an die Brut des netten und zerstreuten Professors Wagstaff anhängte; keine kleinen Tricks, keine Verstecke. Da Henry keinerlei Papiere hatte, würde man ihn bestimmt schnappen.

Mrs. Harris entsetzte nicht so sehr der Gedanke, daß Mrs. Butterfield und sie selbst hinter Gittern in dem Ort mit dem furchtbaren Namen Ellis Island – den es jetzt allerdings nicht mehr gibt – und der etwas Ähnliches wie ein russisches oder deutsches Konzentrationslager zu sein schien, saßen, sondern vielmehr der geradezu niederschmetternde Gedanke, daß Henry eingebuchtet und nach London zu den grausamen Gussets zurückgeschickt würde, während sie und

Mrs. Butterfield nicht dort wären, um den Jungen zu schützen oder zu trösten. Verzweifelt grübelte sie darüber nach, auf welche Weise man den kleinen Henry vor dem dichten Einwanderungsnetz bewahren könnte, das Mr. Bayswater so plastisch geschildert hatte, aber ihr kam kein rettender Einfall. So wie Mr. Bayswater es beschrieben hatte, konnte keine Maus in die Vereinigten Staaten von Amerika ohne die richtigen Papiere hineinschlüpfen.

Um sich selbst machte sie sich keine Sorge, aber es war nicht nur der kleine Henry, der in einer schlimmen Patsche saß; sie hatte auch ihre gute, arme, schüchterne Freundin, Mrs. Butterfield, in eine Situation gebracht, die vielleicht dazu führen würde, daß sie vor Angst ernstlich krank wurde. Und dann waren da auch noch die Schreibers. Was würde Mrs. Schreiber tun, wenn sie, Ada Harris, gerade in dem Augenblick ins Gefängnis gesteckt wurde, da Mrs. Schreiber sie am nötigsten brauchte?

Es würde bestimmt so kommen, und darum brauchte Ada Harris dringend Hilfe. Aber an wen sollte sie sich wenden? Auf keinen Fall an Mrs. Butterfield, und sie wollte auch nicht die Schreibers beunruhigen, ehe das absolut notwendig war. Dann fiel ihr der einzige erfahrene Mann ein, den sie kannte – Mr. Bayswater. Obwohl er ein eingefleischter Junggeselle war, hatte er sich ihr gegenüber ganz zuvorkommend gezeigt und sie sogar zu mehreren Glas Portwein und Zitronenlimonade vorm Abendessen in die Cocktailstube eingeladen.

Und so flüsterte Mrs. Harris, als sie nach dem Abendessen alle in das Rauchzimmer hinaufgingen, um eine Tasse Kaffee zu trinken und eine Zigarette zu rauchen: «Könnte ich einen Augenblick mit Ihnen sprechen, Mr. Bayswater? Sie sind ein so weitgereister Mann. Ich brauche Ihren Rat.»

«Aber gern, Mrs. Harris», erwiderte Mr. Bayswater höflich. «Es würde mich freuen, wenn Ihnen meine Erfahrung etwas nützen könnte. Was möchten Sie wissen?»

«Ich glaube, es ist vielleicht besser, wir gehen auf Deck, wo es still ist und uns niemand stört», sagte sie.

Mr. Bayswater machte ein etwas erschrockenes Gesicht, folgte aber Mrs. Harris nach oben auf das Promenadendeck der «Ville de Paris», wo sie im Dunkel unter dem Sternenhimmel an der Reling standen, während das große Schiff eine phosphoreszierende Spur hinter sich her zog, und auf die See hinausblickten.

Sie schwiegen einen Augenblick, dann sagte Mrs. Harris: «Zu dumm, jetzt habe ich Sie hierher geschleppt und weiß nicht, wie ich anfangen soll.»

Mr. Bayswater, dem jetzt wirklich angst und bange wurde, blickte zu der kleinen Putzfrau hinunter und panzerte sich. Er hatte seinen Junggesellenstand gegen alle Angriffe in vierzig Jahren zu behaupten gewußt und dachte nicht daran, ihn jetzt preiszugeben. Aber alles, was er im Gesicht der kleinen grauhaarigen Frau, die dort neben ihm stand, sah, war Sorge und Kummer. «Ich bin in einer furchtbaren Lage, Mr. Bayswater», sagte sie.

Der Chauffeur fühlte sich plötzlich erleichtert und ganz als der männliche Beschützer. Er genoß es sogar, daß er hier war und sie sich so flehend an ihn wandte. Es war ein ganz wunderbares Gefühl. «Nun, erzählen Sie mir alles, Mrs. Harris.»

«Kennen Sie den Jungen, den kleinen Henry?» fragte sie.

Mrs. Bayswater nickte und antwortete: «Hm, ein braves Kerlchen. Hält hübsch den Mund.»

«Nun», stammelte Mrs. Harris, «er ist nicht meiner. Er ist niemandes Kind.» Und dann sprudelte die ganze Geschichte aus ihr heraus – die Familie Gusset, die netten Schreibers, das Rauben und Verstecken des kleinen Henry und der Plan, ihn seinem Vater zu bringen.

Als sie geendet hatte, gab es ein Schweigen. Dann sagte Mr. Bayswater, wieder einmal entgleisend: «Verdammt, das ist eine sehr üble Geschichte.»

«Sie sind doch schon in Amerika gewesen», sagte Mrs. Harris, «gibt es gar keine Möglichkeit, ihn zu verstecken und durch die Kontrolle zu bringen?»

«Nicht bei diesen Burschen», erwiderte Mr. Bayswater. «Wenn Sie es täten, würden Sie alles nur noch verschlimmern. Es ist zehnmal schlimmer, wenn sie Sie bei dem Versuch fassen, ihnen zu entwischen. Aber wie ist es denn mit dem Vater? Könnten wir ihm nicht telegrafieren, er solle an den Pier kommen, dann könnte er doch für das Kind einstehen und seine Vaterrechte geltend machen.»

Trotz ihres Kummers entging es Mrs. Harris nicht, daß Mr. Bayswater das Wort «wir» statt «Sie» gebraucht hatte, womit er ihr Dilemma zu seinem eigenen machte, und das gab ihr plötzlich neuen Mut. Aber gleich darauf verließ der Mut sie wieder, und sie jammerte: «Ach, ich weiß ja seine Adresse gar nicht. Ich glaube zwar zu wissen, wo er wohnt, doch ich muß ihn erst finden, verstehen Sie? Es ist alles furchtbar verzwickt.»

Mr. Bayswater, der jetzt auch am Ende seines Lateins war, nickte und sagte: «Ja, das ist es.»

Eine im Sternenlicht glitzernde Träne rollte über Mrs. Harris' Wange. «Es ist alles meine Schuld», sagte sie. «Ich bin eine blöde, unbesonnene alte Frau. Ich hätte das nicht tun dürfen.»

«Sagen Sie das nicht», entgegnete Mr. Bayswater. «Sie haben nur versucht, das Beste für das Kind zu tun.» Er versank für einen Augenblick in nachdenklichem Schweigen und sagte dann: «Hören Sie mal, Mrs. Harris, Sie kennen doch meinen Boss – den Marquis. Stimmt das, was ich gehört habe, daß er Sie zu einem Drink in die Kabine des Kapitäns eingeladen hat?»

Mrs. Harris blickte den elegant aussehenden Chauffeur verwundert an und fragte sich, ob er sich vor ihr aufspielen wolle. «Gewiß», erwiderte sie. «Und warum nicht! Er ist ein alter Freund von mir aus Paris.»

«Nun dann», sagte Mr. Bayswater, «wenn Sie ihn so gut kennen, warum fragen Sie dann nicht *ihn*.»

«*Ihn*, den Marquis? Aber was würde das denn nützen? Er ist mein Freund. Ich möchte nicht, daß man ihn nach Ellers Island, oder wie das heißt, schickt.»

«Aber verstehen Sie denn nicht», sagte Mr. Bayswater erregt. «Er ist der einzige, der Ihnen helfen könnte. Er ist Diplomat.»

Die sonst so helle Mrs. Harris war einen Augenblick begriffsstutzig. «Was hat das damit zu tun?» sagte sie.

«Es bedeutet, daß er mit einem Sonderpaß reist, daß den sich nie jemand ansieht, noch Fragen stellt. Prominente Persönlichkeit und roter Teppich. Lassen Sie sich sagen, als ich das letzte Mal mit dem 53 Silver Cloud, dem mit dem schwachen Zylinder, herüberkam, begleitete ich Sir Gerald Granby, den britischen Botschafter. Da dauerte das nur ein paar Sekunden, und wir waren schon auf dem Pier. Keine Paßkontrolle, kein Zoll für ihn. ‹Seien Sie willkommen in den Vereinigten Staaten, Sir Gerald – Kommen Sie bitte hier entlang, Sir Gerald – Sie brauchen sich nicht um Ihr Gepäck zu kümmern, Sir Gerald →› So geht das, wie geschmiert, wenn man einen Diplomatenpaß und einen Titel hat. Amerikanern imponieren Titel ungeheuer. Und jetzt denken Sie mal an meinen Boss. Er ist nicht nur der Botschafter, sondern ein echter französischer Marquis. Pah, die werden den Jungen nicht einmal bemerken, und wenn, dann werden sie keine Fragen stellen. Bitten Sie den Marquis darum. Ich wette, er wird es für Sie tun. Er ist ein wirklicher Gent. Wenn er mit dem Jungen durch die Kontrolle hindurch und auf dem Pier ist, dann können Sie ihn an sich nehmen, und für niemanden gibt es noch Verdruß. Nun, was halten Sie davon?»

Mrs. Harris blickte ihn jetzt mit ihren kleinen frechen Augen an, die glänzten, aber nicht mehr von Tränen. «Mr. Bayswater», rief sie, «ich könnte Sie küssen!»

Für einen Augenblick überfielen den würdigen Chauffeur die Ängste des eingefleischten Junggesellen von neuem, aber angesichts von Mrs. Harris' erleichtertem und glücklichem Gesicht stoben sie schnell wieder davon, und er tätschelte sanft eine ihrer Hände auf der Reling und sagte: «Sparen Sie sich den Kuß für später, meine Gute, wenn wir wissen, ob die Sache klappt.»

10

Und so geschah es zum zweitenmal in vierundzwanzig Stunden, daß Mrs. Harris die Geschichte von dem kleinen Henry, dem verschollenen Vater und ihrem Streich erzählte. Diesmal war ihr aufmerksamer Zuhörer der Marquis Hipolyte de Chassagne, Botschafter und außerordentlicher Bevollmächtiger der Republik Frankreich in den Vereinigten Staaten von Amerika, und die Szene spielte sich in dem Salon seiner Erster-Klasse-Suite an Bord des Dampfers ab. Der weißhaarige alte Diplomat lauschte der Geschichte, ohne etwas dazu sagen oder sie zu unterbrechen. Gelegentlich zog er nur an seinem Schnurrbart oder strich mit dem Finger über seine buschigen Brauen. Man konnte es seinen ungewöhnlich jungen, leuchtend blauen Augen oder seinem Mund, den er oft hinter der Hand versteckte, schwer ansehen, ob ihn ihre Bitte, eine staatenlose und papierlose britischamerikanische Halbwaise sich an seine Fersen hängen zu lassen und als seine erste Handlung als Frankreichs Vertreter den Jungen in ein fremdes Land einzuschmuggeln, amüsierte oder ärgerte.

Als Mrs. Harris die Geschichte ihrer Missetaten genauso beendet hatte, wie es ihr Mr. Bayswater geraten, dachte der Marquis einen Moment nach und sagte dann: «Es war eine gute und tapfere Tat von Ihnen, aber auch etwas tollkühn, finden Sie nicht auch?»

Mrs. Harris, die äußerlich wie innerlich auf der Kante eines Stuhls saß, schlug die Hände zusammen und sagte: «Ach, wem sagen Sie das? Ich müßte wohl den Hintern vollkriegen, aber Sir, wenn Sie sein Schreien gehört hätten, wenn sie ihn verprügelten, und gesehen hätten, daß sie ihm nicht genug zu essen gaben, was hätten Sie denn getan?»

Der Marquis überlegte und seufzte: «Ach, Madame, Sie schmeicheln mir, so daß ich gar nicht anders antworten kann – das gleiche, vermutlich. Aber wir sitzen jetzt alle hübsch in der Patsche.» Es war erstaunlich, daß jeder, der auch nur für ganz kurze Zeit mit Mrs. Harris' Nöten in Berührung kam, sofort das Pronomen «wir» benutzte und sie zu seinen eigenen machte.

Schnell erwiderte Mrs. Harris: «Mr. Bayswater sagt, Diplomaten wie Sie hätten besondere Vorrechte. Man entrollt einen Teppich vor Ihnen, und es wird heißen: ‹Ja, Euer Exzellenz. Bitte, hier entlang, Euer Exzellenz. Was für ein reizender kleiner Junge, Euer Exzellenz›, und bevor Sie sich's versehen haben, sind Sie mit dem kleinen Henry auf dem Pier, und niemand stellt Fragen. Dann komme ich, nehme das Kind an mich, und es und ich und sein Vater werden Ihnen ewig dankbar sein.»

«Bayswater scheint ja viel zu wissen», sagte der Marquis.

«Ja, natürlich», antwortete Mrs. Harris. «Er hat es ja schon einmal erlebt. Er sagt, das letztemal ist er mit jemand namens Sir Gerald Granby nach Amerika gekommen, und da hieß es: ‹Ja, Sir Gerald – Bitte, hier entlang, Sir Gerald – Wir brauchen Ihren Paß nicht zu sehen, Sir Gerald . . .›»

«Ja, ja», sagte der Marquis hastig. «Ich weiß, ich weiß.» Aber in Wirklichkeit wußte er gar nicht soviel, wie er glaubte, von dem für ihn vorbereiteten Empfang. Er ahnte zwar, daß man ihn mit einem gewissen Zeremoniell und allerlei Aufhebens empfangen würde, aber nicht, in welchem Maß, obwohl er ebenso sicher war, daß niemand von ihm verlangen würde, sein Beglaubigungsschreiben zu sehen, bis er es offiziell und formell im Weißen Haus vorlegte. Sein Gefolge – Sekretär, Chauffeur, Diener und so weiter – würde ebenso rücksichtsvoll behandelt werden, und es war höchst unwahrscheinlich, daß jemand einen kleinen Jungen beachtete, der zu ihm zu gehören schien, zumal wenn er so wohlerzogen war, wie Mrs. Harris versichert hatte, und den Mund nie aufmachte.

«Würden sie es tun?» sagte Mrs. Harris. «Meinen Sie nicht, daß es möglich wäre? Wenn Sie den kleinen Henry erst einmal gesehen haben, müssen Sie ihn einfach ins Herz schließen. Er ist ein so lieber kleiner Kerl.»

Der Marquis machte eine Geste mit der Hand und sagte: «Pst. Seien Sie einen Augenblick still. Ich möchte nachdenken.»

Sofort verschloß Mrs. Harris ihre Lippen und saß mit gefalteten Händen auf der Kante des goldenen Stuhls, wobei ihre Füße kaum den Boden berührten, und blickte den Marquis angstvoll mit ihren kleinen Augen an, die jetzt gar nicht mehr frech und listig, sondern nur beklommen und bittend waren.

Dieser erhabene Mann tat genau das, was er, wie er gesagt hatte, tun wollte: Er setzte sich und dachte nach, aber nicht nur mit dem Verstand, sondern auch mit dem Herzen.

Es war etwas Seltsames an Mrs. Harris, daß sie die Macht hatte, die Menschen das fühlen zu lassen, was sie selber fühlte. In Paris hatte sie ihn mit ihrer Leidenschaft für Blumen und schöne Dinge, wie ein Diorkleid, und ihrer Sehnsucht nach ihnen angesteckt. Jetzt hier hatte sie ihn auf ihre einfache Art ihre Liebe zu einem verlassenen Kind fühlen lassen und den Kummer, den man allzuwenig beim Gedanken an ein leidendes Kind empfindet. Es gab Millionen hungernder leidender Kinder in der ganzen Welt, und der Himmel vergebe es einem, man hatte nie an sie gedacht, und jetzt dachte er an ein kleines hungerleidendes Wesen, das von einem Individuum namens Gusset verprügelt wurde, einem Mann, den er nie gesehen hatte und nie sehen würde. Was ging ihn dies alles an? Aber als er zu der ihm verängstigt gegenübersitzenden Mrs. Harris hinblickte, ihre verschrumpelten Apfelbäckchen, ihr ergrautes Haar, ihre verarbeiteten Hände sah, spürte er, daß es ihn sehr viel anging. Während ihres kurzen Aufenthalts in Paris hatte diese Londoner Putzfrau ihm auf ihre Art einige glückliche Augenblicke geschenkt. Und vielleicht war sogar seine Ernennung zum Botschafter, wenn man es so wollte, ihr zu verdanken, denn sie hatte ihn dazu veranlaßt, dem Mann einer Freundin, die sie in Paris gefunden hatte, Mr. Colbert, zu einem bedeutenden Posten am Quai d'Orsay zu verhelfen, wo er binnen eines Jahres sich als sensationeller Glückstreffer erwiesen hatte. Daß man diese Entdeckung dem Marquis als Verdienst anrechnete, hatte vielleicht eine große Rolle dabei gespielt, daß ihn für den begehrten ehrenvollen Posten des Botschafters in den Vereinigten Staaten erwählte. Aber es war da noch mehr. Sie hatte ihm die Tage seiner Jugend ins Gedächtnis zurückgerufen, als er Student in Oxford gewesen war und eine andere Putzfrau, eine ihrer Art, sich seiner in seiner Einsamkeit freundlich angenommen hatte.

Der Marquis dachte: Was für eine gute Frau ist Mrs. Harris, und wie glücklich kann ich mich preisen, daß ich sie kenne! Und er dachte weiter: Wie seltsam angenehm ist es doch, wenn man die Macht hat, jemandem zu helfen. Wie jung fühlt man sich da! Und hier erlaubten sich seine Gedanken abzuschweifen und sich der Veränderung zuzuwenden, die seine Ernennung zum Botschafter in ihm bewirkt hatte. Vorher war er ein alter Mann gewesen, der sich damit abgefunden hatte, der Welt Valet zu sagen, und zum letztenmal ihre Schönheiten genoß. Jetzt fühlte er sich voller Energie und Tatendrang und hatte gar nicht mehr die Absicht, sich aus diesem Leben davonzumachen.

Und mit höchster Genugtuung dachte er: Wie schön ist es doch, so alt und würdevoll zu sein, daß die Leute ein wenig vor einem zittern. Es bedeutete, dachte er mit einem inneren Lachen – und kehrte damit zu seiner englischen Erziehung zurück –, daß man in fast jeder Situation das tun konnte, was einem den meisten Spaß machte und niemand ernstlich wagen würde, etwas dagegen zu sagen. So kam er zu dem Schluß: Was war schon dabei, dieser braven Person zu helfen, und was konnte bei diesem einfachen Plan schiefgehen?

«Nun gut», sagte er zu Mrs. Harris, «ich werde Ihnen Ihre Bitte erfüllen.»

Diesmal erging sich Mrs. Harris nicht in einem Feuerwerk überschwenglicher Dankbarkeit, sondern lächelte ihn, da der Sinn für Humor wieder in ihr erwachte, nur schelmisch an und sagte: «Ich wußte, daß Sie es tun würden. Es wird ein prächtiger Jux werden, was? Ich werde ihm Hände und Gesicht gut waschen und ihm genau einschärfen, was er tun muß. Sie können sich auf ihn verlassen. Er ist ein gescheites Bürschchen. Er sagt nicht viel, aber wenn er es tut, dann hat es Hand und Fuß.»

Auch der Marquis mußte lächeln. «Ach, Sie wußten es?» sagte er. «Nun, wir werden sehen, in was für Schwierigkeiten ich mich mit dieser sentimentalen Narretei bringe.» Dann fügte er hinzu: «Wir werden morgen um zehn Uhr landen. Um neun Uhr wird so etwas wie eine Deputation an Bord kommen, um mich zu begrüßen. Der französische Konsul vielleicht, und es wird darum wohl das beste sein, wenn der Junge zu der Zeit bereits hier ist, damit die anderen sich daran gewöhnen, ihn hier zu sehen. Ich werde dafür sorgen, daß Sie beide um halb acht morgens zu mir geführt werden, und ich werde meinen Sekretär und meinen Diener anweisen, diskret zu sein.»

Mrs. Harris erhob sich und ging zur Tür. «Sie sind ein goldiger Mensch», sagte sie.

Der Marquis erwiderte: «Sie auch. Es wird ein prächtiger Jux werden, was?»

11

Jemand hätte den Marquis vor der amerikanischen Presse warnen sollen, die wußte, daß er seit de Gaulles Regierungsantritt der erste neue Botschafter in den Vereinigten Staaten war; jemand hätte ihn auch auf die Landungszeremonie aufmerksam machen und vorbereiten müssen, die für seine Ankunft vorgesehen war. Jenes aber hatte man vollständig vergessen und dieses infolge des Durcheinanders im State Departement – sicherlich hat der oder den Botschafter in Kenntnis gesetzt – unterlassen. Jeder glaubte, der andere habe es getan, aber niemand hatte es getan.

Der Marquis selber hatte als ein innerlich bescheidener Mensch seine eigene Person nie für so wichtig gehalten, und er erwartete nichts anderes als eine offizielle Begrüßung und eine unbürokratische Handhabung der Paß- und Zollkontrolle, und daß gleich nach der Ankunft am Morgen Bayswater ihn, sobald sein Wagen ausgeladen war, nach Washington fahren würde.

So war er ganz unvorbereitet auf die sich drängende Herde von Reportern, Fotografen, Kameraleuten, Rundfunk- und Fernsehinterviewern und Technikern, die von einem kleinen Schleppboot, das neben der «Ville de Paris» hielt, an Bord strömten, durch die Flure stapften, in seine Suite eindrangen und ihn baten, in das Pressezimmer auf dem Sonnendeck zu einer Pressekonferenz zu kommen.

Eine ebensolche Überraschung war der schmucke weiße Regierungskutter, der ebenfalls neben der «Ville de Paris» anlegte und dem die Abordnung der Stadt New York entstieg, um den Marquis willkommen zu heißen. All diese Männer trugen rotweißblaue Rosetten im Knopfloch. Außerdem kamen auch noch die Führer der beiden politischen Parteien New Yorks mit dem Stellvertreter des Bürgermeisters, die französischen Konsuln von New York und Washington, Mitglieder der französischen Botschaft, ein halbes Dutzend Beamte des State Departements, angeführt von einem Unterstaatssekretär, und schließlich jemand aus dem Weißen Haus, den Präsident Eisenhower als seinen persönlichen Vertreter entsandt hatte.

Den meisten von ihnen gelang es irgendwie, sich in die Suite zu drängen, während eine Musikkapelle auf dem Kutter die Marseillaise spielte, und ehe der kleine Henry in das Badezimmer flüchten konnte, wohin er sich auf Mrs. Harris' Geheiß zurückziehen sollte, falls, bevor die eigentliche Ausschiffung begann, sich irgend etwas Unerwartetes ereignete.

Er war für diese Gelegenheit besonders sorgfältig gewaschen und gekämmt worden, hatte ein sauberes Hemd und saubere Shorts an, saß auf der Kante eines Stuhls, die Füße in neue Socken und Schuhe gezwängt, und sah aus wie ein hübscher kleiner Junge, der ganz in diese Umgebung paßte.

Noch ehe der Marquis oder der kleine Henry wußten, was geschah oder wie es geschah, wurden sie aus der Kabine über die große Treppe in das Pressezimmer entführt, in dem es von Inquisitoren wimmelte, und einer unheimlichen Batterie von Mikrophonen, Kameralinsen, Film-, Tonfilm- und Fernsehkameras gegenübergestellt und mit Fragen überschüttet, die wie Konfetti auf sie herniedergingen.

«Was halten Sie von den Russen?» – «Glauben Sie, daß es Krieg geben wird?» – «Was ist Ihre Meinung über die amerikanischen Frauen?» – «Wie denken Sie über de Gaulle?» – «Was wollen Sie hinsichtlich der Nato unternehmen?» – «Behalten Sie Ihre Pyjamahose an, wenn Sie schlafen?» – «Wollen die Franzosen eine neue Anleihe haben?» – «Wie alt sind Sie?» – «Sind Sie schon einmal Chruschtschow begegnet?» – «Ist Ihre Frau mitgekommen?» – «Wie steht es mit dem Krieg in Algerien?» – «Wofür haben Sie das Kreuz der Ehrenlegion bekommen?» – «Was halten Sie von den Wasserstoffbomben?» – «Stimmt es, daß die Franzosen bessere Liebhaber als die Amerikaner sind?» – «Kennen Sie Maurice Chevalier?» – «Stimmt es, daß die Kommunisten in Frankreich an Boden gewinnen?» – «Was halten Sie von Gigi?»

Unter all diesen Fragen, die männliche und weibliche Reporter ihm entgegenschleuderten, erklang noch eine andere: «Wer ist der Junge?»

Wenn eine Pressekonferenz so regelwidrig vor sich geht wie diese – weil die meisten der Presseleute sehr früh hatten aufstehen müssen, um bei stürmischer See die Bucht hinunter einem Dampfer entgegenzufahren, und viele von ihnen einen Kater hatten –, geschieht es manchmal, daß in dem Strudel der Fragen, die keiner verstehen oder beantworten kann, eine alle anderen übertönt und von den Reportern, die darauf bedacht sind, überhaupt eine Antwort zu bekommen, begierig aufgegriffen wird.

Und so hieß es mit einemmal: «Wer ist der Junge? Wer ist der Junge?» – «Ja, richtig, wer ist der Junge, Euer Exzellenz?» – «Wer ist der Junge, Herr Botschafter?» – Und dann verstummten alle und warteten auf die Antwort.

Der verehrungswürdige Staatsmann, der am Ende des Zimmers hinter dem Konferenztisch saß, wandte sich um und blickte zu dem seltsamen kleinen Jungen mit dem etwas zu großen Kopf und dem traurigen Gesicht hinunter, fast so, als erwarte er, daß Henry es erklären würde.

Auch der kleine Junge wandte sich um, blickte mit seinen feuchten, traurigen und wissenden Augen zu dem verehrungswürdigen Staatsmann auf und preßte die Lippen zusammen. Der Marquis, der das sah, erinnerte sich an das, was Mrs. Harris ihm über Henrys Abneigung gegen das Sprechen gesagt hatte, und er wußte, daß ihm von dort keine Hilfe kommen würde.

So wurde die Pause zwischen der Frage und der Antwort, die man von ihm erwartete, unerträglich lang, und er mußte unbedingt etwas sagen. Der Marquis räusperte sich. «Er... er ist mein Enkel», sagte er.

Aus einem unbekannten Grunde, aber wie es für manche Pressekonferenzen typisch ist, schien diese Erklärung eine Sensation zu bewirken.

«So etwas, er ist sein Enkel! Haben Sie das gehört? Er ist sein Enkel!» – «Was sagen Sie dazu, er ist sein Enkel!» – Notizbücher wurden herausgezogen und Notizen gekritzelt, während die Fotografen unter Kriegsgeschrei vorstürmten und ihre Blitzlichtlampen, die den Marquis blendeten und ihn noch mehr verwirrten, auf die Gesichter ihrer Opfer richteten. «Bleiben Sie so, Botschafter!» – «Sehen Sie hierher, Marquis!» – «Legen Sie Ihren Arm um den Jungen, Marquis!» – «He, Junge, geh etwas näher an deinen Großvater heran – noch näher!» – «Und jetzt lächle! So ist es schön! Noch einmal!» – «Leg deine Arme um seinen Hals, Kleiner!» – «Setz dich auf seinen Schoß, Bübchen!» – «Wie wär's, wenn du ihm einen kräftigen Kuß gäbest?»

Und in diesem Getümmel ertönten weitere Fragen, die die Enthüllung, daß der französische Botschafter mit einem Mitglied seiner Familie herübergereist war, nach sich zog. «Wie heißt er?» – «Wessen Kind ist er?» – «Wohin fährt er?»

Der Marquis saß in der Falle. «Er heißt Henry.»

«Henry! Henry oder Henri? Ist er Franzose oder Engländer?»

Dem Marquis wurde klar, daß irgendwann der kleine Henry seinen Mund würde aufmachen müssen, und so antwortete er: «Engländer.» Die Pressekonferenz war sozusagen in geordnete Bahnen gekommen, als ein Mann am anderen Ende des Raumes sich erhob und mit dem für den Korrespondenten der «Daily Mail» selbstverständlichen englischen Akzent fragte: «Ist er vielleicht Lord Dartingtons Sohn, Euer Exzellenz?» Als guter englischer Reporter kannte er sich im Adelskalender aus und wußte, daß eine der Töchter des Marquis de Chassagne Lord Dartington of Stowe geheiratet hatte.

Von Diplomaten erwartet man im allgemeinen, daß sie nicht rot werden, und in seinem Beruf war der Marquis eiskalt, aber dies hier war zuviel. Das Unheil brach zu unerwartet über ihn herein.

Die Wahrheit zu sagen, war natürlich völlig undenkbar. Hätte er «nein» geantwortet, hätte das zu weiteren peinlichen Fragen geführt, und so sagte der Marquis, ohne weiter nachzudenken: «Ja, ja.» Sein einziger Wunsch war jetzt, diese Prüfung so schnell wie möglich hinter sich zu bringen und den rettenden Pier zu erreichen, wohin Mrs. Harris zu kommen versprochen hatte, um ihn von dem kleinen Henry zu befreien.

Aber diese letzte Enthüllung verursachte eine noch größere Sensation. Von neuem stürmten die Fotografen vor, ihre Blitzlichter flammten auf, und wieder ertönten laute Rufe: «Was hat er gesagt? Er ist der Sohn eines Lords?» – «Dann ist er ja Herzog!»

«Mensch, bist du verrückt? Dann ist er Sir. Nur Verwandte der Königin sind Herzöge!»

«Wie?» sagte jemand. «Er ist mit der Königin verwandt?»

«He, Herzog, sieh mal hierher!» – «Lächle uns an, Lord!» – «Wie heißt er? Baddington?» – «Wie wäre es, wenn du dem Marquis eine Ehrenbezeigung machtest?» Dem Marquis, der äußerlich die Würde wahrte, brach der kalte Schweiß aus bei dem entsetzlichen Gedanken, daß jetzt, da die Presse ihn durch unauflösliche Blutsbande an den kleinen Henry gekettet hatte, es nicht ganz so einfach sein würde, diese Bande auf dem Pier zu durchschneiden, wenn Mrs. Harris erschien, um den Jungen in Empfang zu nehmen.

Die Reporter und Rundfunkleute drängten sich jetzt an Henry. «Na, Henry, wie wäre es, wenn du etwas sagtest? Wirst du hier in die Schule gehen? Wirst du Baseball spielen lernen? Hast du eine Botschaft für die amerikanische Jugend? Schildere uns deine Eindrücke von Amerika. Wo lebt dein Vater – in einem Schloß?»

Aber auf all diese auf ihn einstürmenden Fragen blieb Henry stumm und hielt seinen Ruf, ein großer Schweiger zu sein, tapfer aufrecht. Die Interviewer wurden immer zudringlicher, aber das

Schweigen des kleinen Henry immer undurchdringlicher. Schließlich sagte ein ungeduldiger Inquisitor spöttisch: «Was ist mit dir los? Hast du die Sprache verloren? Ich glaube gar nicht, daß der Marquis dein Großvater ist.»

Da machte der kleine Henry endlich den Mund auf. Die Glaubwürdigkeit seines Wohltäters stand auf dem Spiel. Der nette Mann mit dem weißen Haar und den freundlichen Augen hatte um Henrys willen gelogen, und jetzt galt es, diese Lüge zu verteidigen. Wie Mrs. Harris gesagt hatte, war der kleine Henry jemand, der nie einen Kameraden in der Patsche sitzen ließ.

Aus dem Munde des Kindes kamen in dem erwarteten kindlichen Sopran die Worte: «Sie haben verdammt recht. Er ist mein Großvater.»

Am anderen Ende des Raums hoben sich die Augenbrauen des Korrespondenten der Londoner «Daily Mail» bis an die Decke. Dem Marquis war es, als schlüge eine Woge des Grauens über ihm zusammen. Er ahnte nicht, daß die Katastrophe jetzt erst begann.

12

In der Touristenklasse standen Mrs. Harris und Mrs. Butterfield, nachdem sie alles gepackt und ihre besten Kleider angezogen hatten, mit ihren Pässen und Impfbescheinigungen in der Hand an der Reling, ganz berauscht von diesem ersten wirklichen Blick auf das neue und erregende Land, und sahen auf das Gewimmel der kleinen Dampfer, Kutter und Boote hinunter, die sich um die Gangways der «Ville de Paris» drängten.

Schon am frühen Morgen war Henry in die Kabine des Marquis gebracht worden, den Kopf voller Instruktionen, um jeder Möglichkeit gewachsen zu sein, falls sich zum Beispiel Mrs. Harris verspätete und so weiter.

Mrs. Harris strahlte, während Mrs. Butterfield jetzt, da Handeln von ihnen gefordert wurde und sie einer neuen schwierigen Situation gegenüberstanden, vor Nervosität schwitzte. «Ach, Ada», sagte sie, «bist du sicher, daß alles gut geht? Ich habe so ein Gefühl in mir, daß etwas Furchtbares geschehen wird.»

Selbst wenn Mrs. Harris sich etwas von Mrs. Butterfields prophetischem Inneren hätte zu eigen machen können, es war jetzt zu spät, den Plan zu ändern. Und obwohl ihr nicht ganz behaglich zumute war, da sie den kleinen Henry nicht bei sich hatte – in den fünf Tagen der Überfahrt war er ihr immer mehr ans Herz gewachsen –, weigerte sie sich, bekümmert zu sein. Trotzdem, um sich zu beruhigen, ging sie noch einmal den Ablauf des ganzen Plans durch.

«Nun sei mal nicht so verzagt, Liebe», sagte sie zu ihrer Freundin. «Was kann schon schiefgehen?» Und sie zählte an ihren Fingern alle Punkte auf: «Er geht mit dem Marquis durch die Kontrolle, und niemand wird Fragen stellen. Sobald er auf dem Pier ist, stellt er sich unter den Buchstaben B – B für Brown –, wo wir ihn abholen. Dort werden wir ein Taxi nehmen. Henry spielt das Sich-neben-einen-anderen-stellen-Spiel, bis die Schreibers abgefahren sind. Dann steigt er zu uns ein. Wir haben die Adresse. Wenn wir dort sind, bleibt er auf dem Gehsteig stehen, bis wir uns davon überzeugt haben, daß die Luft rein ist. Und dann eilen wir mit ihm eins, zwei, drei hinauf. Hat Mrs. Schreiber nicht gesagt, die Wohnung sei so groß, daß ein ganzes Regiment dort Platz hätte? Es wird sowieso nur ein paar Tage dauern, bis wir seinen Vater finden, und dann ist alles in Butter. So, und nun mach dir keine Sorgen mehr, sondern freue dich! Was kann schon schiefgehen!»

«Irgend etwas», erwiderte Mrs. Butterfield unerschütterlich. Als sie auf das Meer vor sich hinunterblickten, konnten sie ein leuchtend weißes US-Küstenschiff sehen, mit einem Radarmast, einer riesigen amerikanischen Flagge und einem am Bug postierten Maschinengewehr. Eine Gangway führte von ihm zu einer offenen Tür im Rumpf des Ozeandampfers, und die beiden Frauen blickten gespannt hin, weil sich etwas Bedeutsames zu ereignen schien, denn die Musiker stellten sich auf Anweisung ihres Dirigenten auf, und eine Matrosenwache, die unter dem Befehl eines mit Ordensschnallen besäten Offiziers stand, reihte sich an der Gangway auf. Der Dirigent hob die Arme, der Offizier brüllte ein Kommando, das Gewehr wurde präsentiert. Der Stab des Dirigenten senkte sich, und die Musik intonierte das «Sternenbanner», dem dann die schrillen Klänge von «Stars and Stripes forever» folgten.

Unter den Klängen dieses Sousamarschs erschien ein Zug goldbetreßter Offiziere der Armee, der Marine und der Luftwaffe, denen sich Würdenträger in gestreifter Hose, Gehrock und Zylinder anschlossen. Alle tauchten aus der Tür im Rumpf der «Ville de Paris» auf und gingen über die Gangway zu dem Küstenwachschiff hinunter. Dann trat eine kurze Pause ein. Der Dirigent hob wieder die Arme und ließ sie gleich darauf mit einer schnellen Bewegung fallen, und seine Musiker stimmten ehrerbietig und laut die Marseillaise an. Ein sich straff haltender, gut aussehender alter Mann, ebenfalls in gestreifter Hose, grauem Gehrock und grauem Zylinder – ein alter Mann mit weißem Haar und Schnurrbart und leuchtend blauen Augen unter buschigen Brauen, die Rosette eines Ritters der Ehrenlegion im Knopfloch –, erschien in der Tür und blieb einen Augenblick stehen, nahm seinen Zylinder ab und hielt ihn an seine Brust, während die französische Nationalhymne gespielt wurde.

«Es ist mein Freund – es ist der Marquis!» schrie Mrs. Harris, die noch gar nicht merkte, was geschah.

Wohl aber Mrs. Butterfield, denn als die Nationalhymne verklungen war und unter den Klängen einer anderen Melodie der Marquis die Gangway hinunterging, stieß die dicke Frau einen schrillen Schrei aus und deutete mit ihrem fetten, zitternden Finger hinunter: «Sieh doch», schrie sie, «der kleine Henry geht mit ihm!»

Das tat er wirklich. Bayswater, der eine makellose Uniform anhatte, hielt die Hand des Jungen fest in der seinen, und hinter den beiden schritten Sekretär und Kammerdiener und das übrige Gefolge. Der kleine Henry folgte dem Marquis die Gangway hinunter und bestieg den Kutter, wo er die Ehrenbezeigung der Marine-Ehrenwache wie ganz selbstverständlich entgegennahm.

Mit sinkendem Mut begann Mrs. Harris zu begreifen, was geschah. Noch bevor der Kutter abfuhr, sah Mrs. Harris das graue vornehme Gesicht Bayswaters aufblicken. Seine Blicke schweiften beklommen über das Deck des Schiffes, und wie durch ein Wunder entdeckte er plötzlich Mrs. Harris. Eine Sekunde lang begegneten sich ihre Augen, und da zuckte Mr. Bayswater die Schultern, was Mrs. Harris deutlicher als Worte sagte, daß er, so leid es ihm tat, sich der höheren Gewalt beugen mußte.

Ja, und so war es auch. Bayswater, der kleine Henry und der Marquis wurden nicht nur darum mit solchen Ehren empfangen, weil man den Marquis Hypolite de Chassagne in Washington persönlich hoch schätzte, sondern weil die Regierung es für eine gute Idee gehalten hatte, de Gaulle, der sich in der letzten Zeit etwas zugeknöpft gezeigt hatte, ein wenig zu umschmeicheln, indem sie seinem Botschafter Sonderehren erwies und ihn und sein Gefolge schon in der Quarantäne ausschiffte.

Der Marquis, sein Gepäck und alle, die mit ihm waren, fuhren in den New Yorker Hafen, wo eine weitere Ehrengarde und eine Kolonne von Cadillacs sie an der Battery erwartete.

Von da ging es durch die Schlucht des unteren Broadway, wo ein kleiner Konfettiregen sie begrüßte und Stücke von zerrissenen Telefonbüchern und Girlanden aus mit Zahlen bedeckten Papierstreifen, die Amerikas Reichtum bezeugten, auf Henrys Kopf herniederschwebten. Die Kavalkade überquerte die Queensborobrücke und erreichte schließlich den Flughafen Idlewild, wo das Privatflugzeug des Präsidenten, die «Colombine», sie erwartete, in dem der Marquis und sein Gefolge – mit Ausnahme von Bayswater, der zurückblieb, um den Rolls-Royce nach Washington zu bringen – nach Washington flogen.

Auch der kleine Henry flog mit. Er hatte noch nie etwas so Wunderbares erlebt. Und das war immerhin ein Trost.

Der kleine Henry war verschwunden, aber er war gewiß nicht vergessen, denn die Abendzeitungen und die am nächsten Morgen erscheinenden berichteten ausführlich über die Ankunft des neuen französischen Botschafters und seines Enkels und ergänzten diese Berichte mit Bildern von diesem in den verschiedensten Posen, zu denen ihn die alten erfahrenen Pressefotografen verleitet hatten – wie er seinen Großvater umarmte, seinen Großvater küßte, auf seines Großvaters Schoß saß oder feierlich mit seinen großen, rührenden Augen direkt in die Kamera blickte.

Die strenge «Times» widmete Henrys Anwesenheit nur eine einzige Zeile, in der es hieß, daß der Marquis von seinem Enkel, dem Honorable Henry Dartington, jüngerem Sohn von Lord Dartington of Stowe, begleitet sei, aber die anderen Zeitungen, vor allem jene, für die weibliche Reporter schreiben, schmückten die Geschichte etwas aus. «Der schöne weißhaarige, noch sehr kraftvoll wirkende französische Botschafter, für den auf der Reise mehrere Frauenherzen heftig geschlagen haben, brachte seinen kleinen Enkel mit, Lord Henry Dartington, der mit der Königin von England verwandt ist.»

«Lord Dartington, der, wie es heißt, eine Zierde von Eton ist, verbringt seine Ferien hier und sagt: ‹Ich habe eine Botschaft von der Jugend Englands an die Jugend Amerikas mitgebracht: Wir Jungen müssen zusammenhalten. Wenn wir nicht zusammen schwimmen, werden wir untergehen. Jeder sollte schwimmen lernen.› Worauf er sich am meisten in Amerika freue, sei, ein Baseballspiel zu sehen. Und er wird heute nachmittag im Yankeestadion dem Yankee-Red-Sox-Spiel beiwohnen.» In der Wohnung in der Park Avenue Nr. 650 betrachtete Mrs. Schreiber (und in der Küche Mrs. Harris und Mrs. Butterfield) all diese Fotos und las die Unterschriften mit baß erstaunten Augen. «Mein Gott», sagte sie, «so jung und schon ein echter Lord! Und es heißt, er sei ein Verwandter der Queen. Und wir waren auf dem gleichen Schiff! Was für ein reizend aussehender kleiner Junge! Und was für schöne Augen er hat! Er ist wirklich ein kleiner Gentleman. Auf den ersten Blick sieht man, daß er ein Aristokrat ist. Wenn die Familie gut ist, ist alles gut.» Ihre Augen begegneten denen ihres Mannes, und sie blickten sich einen Moment stumm an, und jeder wußte, was der andere dachte.

Dann sagte Mr. Schreiber plötzlich: «Ich kann mich nicht erinnern, ihn auf dem Schiff gesehen zu haben. Das ist ein gutes Bild von dir, Henrietta – aber ich sehe wie mein eigener Großvater aus.» Sie waren nämlich ebenfalls beide von der Presse fotografiert worden, und ihre Bilder erschienen unter denen der auf der «Ville de Paris» eingetroffenen Prominenten.

Und in der riesigen Küche, umgeben von den Zeitungen, von deren Titelseiten sie der zum Lord beförderte kleine Henry anblickte, sagte Mrs. Butterfield mit zitternder Stimme: «Was wirst du jetzt tun? Ich hab dir ja gesagt, es wird etwas passieren.»

Diesmal wußte Mrs. Harris das selber nicht. «Ich habe keine Ahnung, Vi», erwiderte sie. «Und ich will dir auch gleich sagen, ich habe vergessen, Mr. Bayswater unsere Adresse zu geben.»

13

New York 21, N. Y., Park Avenue 650

15. April

Lieber Marquis,
ich hoffe, dieser Brief erreicht Sie. Ich habe leider vergessen, Mr. Bayswater unsere Adresse zu geben, und Sie können so nicht wissen, wo wir sind.

Mrs. Butterfield und ich sahen Sie auf dem kleinen Boot, das Sie von unserm Dampfer übernahm, was weder Sie noch ich erwartet hatten. Wir haben Ihnen gewinkt, aber ich glaube nicht, daß Sie uns gesehen haben, wie es Mr. Bayswater und der kleine Henry taten.

Wir waren sehr traurig, daß wir Ihnen diese Scherereien mit Henry gemacht haben. Es war sehr gütig von Ihnen, zu sagen, er wäre Ihr Enkel. Sie konnten wohl auch gar nichts anderes sagen, und die Bilder in den Zeitungen sind sehr gut. Ha, ha, es war doch nicht solch ein Jux, und es tut uns sehr leid, wenn wir Ihnen Kummer bereitet haben.

Sie sind ein sehr netter Mann, und ich werde den kleinen Henry am Samstag – Mrs. Schreiber hat mir den Tag freigegeben – bei Ihnen abholen. Ich komme mit dem Morgenzug.

Mrs. Schreiber hat eine sehr große Wohnung, und unsere Zimmer im hinteren Teil sind sehr hübsch. Es sind fünf Zimmer und zwei Badezimmer. Und so haben wir keine Schwierigkeiten, den kleinen Henry zu verstecken, wenn ich ihn hierherbringe, und Sie brauchen sich also keine Sorgen zu machen.

Ich habe noch keine Zeit gehabt, mir etwas von New York anzusehen. Aber ich war auf dem Woodlawan-Friedhof, der sehr schön ist und wo viele Leute begraben sind. Mrs. Butterfield macht es immer noch nervös, bei all dem Verkehr, der in der falschen Richtung geht, die Straßen zu überqueren. Und die Polizisten pfeifen sie zurück. Aber neulich war sie auf einem Supermarkt in der Lexington Avenue, um einiges zum Abendessen zu kaufen. Und als sie ihn verließ, hatte sie 187 Dollar von Mrs. Schreibers Geld ausgegeben. Sie war nämlich noch nie vorher in einem solchen Laden gewesen und konnte nicht widerstehen, immer noch etwas in den kleinen Korb zu tun und ihn weiterzufahren.

Mrs. Butterfield sendet Ihnen ebenfalls beste Grüße und dankt Ihnen für Ihre Freundlichkeit und bittet mich, Ihnen zu sagen, wie leid es ihr tut, daß Sie all diesen Verdruß gehabt haben, und daß sie hofft, der kleine Henry hat sich wie ein kleiner Gentleman betragen.

Wenn Ihnen Sonnabend recht ist, bin ich um eins bei Ihnen, um ihn abzuholen.

Bitte grüßen Sie Mr. Bayswater und sagen Sie ihm, ich werde ihm noch schreiben und ihm selber danken.

Wie gefällt es Ihnen in der neuen Stellung?

Ich hoffe, Sie sind bei bester Gesundheit wie ich.

Ihre ergebene A. Harris

Französische Botschaft, Washington, N. 10., D. C.,
18. G. Street   17. April

Liebe Mrs. Harris,

Ihr freundlicher Brief kam heute morgen hier an, und obwohl ich mich sehr freuen würde, Sie am nächsten Samstag wiederzusehen, fürchte ich, daß Sie den kleinen Henry, jetzt, nachdem ich ihn zu meinem Blutsverwandten habe erklären müssen, nicht so schnell abholen können. Er ist nämlich hier mit offenen Armen aufgenommen worden, nicht nur dank der gesellschaftlichen Stellung, die ich ihm geben mußte, als ich von den Reportern an Bord des Schiffes gefragt wurde, sondern auch seines persönlichen Charmes wegen. Er bezaubert einen immer größer werdenden Bekanntenkreis im Diplomatischen Korps nicht nur durch seine Gabe, den Mund zu halten, sondern durch die drolligen Bemerkungen, die aus seinem Munde kommen, wenn er ihn aufmacht.

Zu meiner Freude ist er auch ein äußerst geschickter Boxer und hat sich in unserer kleinen Gruppe schon dadurch sehr beliebt gemacht, daß er dem Sohn des Gesandten von Krasnodar – einen kräftigen Nasenstüber versetzt hat, weil dieser sich abfällig über Großbritannien, Frankreich und die Vereinigten Staaten äußerte.

Der kleine Henry hat inzwischen so viele Einladungen bekommen, die wir annehmen mußten – da er hier nun einmal als mein Enkel gilt –, daß er erst Donnerstag in einer Woche oder möglicherweise erst am darauffolgenden Montag zurückkehren kann. Ich werde es Ihnen noch schreiben. Bis dahin werden Sie Zeit haben, die Suche nach dem Vater des Jungen fortzusetzen, und vielleicht führt dieses kleine Abenteuer bald zu einem glücklichen Ende.

Ich muß gestehen, daß ich mit einiger Beklemmung einen Brief von meinem Schwiegersohn über diesen neuesten Zuwachs in seiner Familie erwarte. Ich habe bisher noch nichts von ihm gehört, zweifle aber nicht daran, daß er mir bald schreiben wird.

Was mich selbst betrifft, so bin ich gewiß nicht so bedeutend, wie es mich die gastfreundlichen Amerikaner fühlen lassen, aber es ist trotzdem ein angenehmes Gefühl. Ist dies nicht ein wundervolles und warmherziges Volk? Wir Engländer und Franzosen müssen unsere Freundschaft mit ihm noch fester untermauern, wenn die Welt nicht untergehen soll.

Sobald ich Henry aus dem gesellschaftlichen Wirbel befreien kann, in den ihn die Umstände hineingezwungen haben, werde ich Ihnen Nachricht geben. Inzwischen lassen Sie mich wissen, wie die Suche nach dem Vater weitergeht.

Ihr Chassagne

Brieftelegramm aus Stowe-on-Dart, Devonshire

18. April

mein lieber hypolite haben soeben funkbild gesehen und berichte in amerikanischer presse über kind gelesen das du so fröhlich als meins geküßt stop schämst du dich nicht ein wenig in deinem alter fragezeichen aber diese worte sind nur vom neid diktiert und in der hoffnung daß wenn ich dein alter erreiche ich das gleiche vermag stop amerikanische presse hat sich selbst übertroffen und gesellschaftskreise hier sind sehr erregt über diesen neuen kandidaten für peerswürde stop immerhin sieht er nett aus und ich bin froh ihn in der familie zu haben stop wenn gefragt werde ich dreiste lüge bestätigen und sagen er sei mein sohn und verbringe seine ferien in den usa stop mariette schließt sich meinen glückwünschen an und dankt für eine äußerst schmerzlose geburt stop

herzlichst dein dartington

New York 21, N. Y., Park Avenue 650

19. April

Lieber Mr. Bayswater,
endlich komme ich dazu, Ihnen zu schreiben, und hoffe, Sie sind ohne Schwierigkeiten mit dem Rolls Royce nach Washington gekommen und es geht alles gut.

Ich nehme an, Sie sind überrascht über das, was dem kleinen Henry passiert ist, aber es war nicht Ihre Schuld, und ich möchte Ihnen für Ihre Freundlichkeit danken, daß Sie mir den Rat gegeben hatten. Ich habe Ihnen noch nicht geschrieben, weil es in Mrs. Schreibers Wohnung eine Menge zu tun gibt. Der Vormieter oder wer hier rein gemacht hat, war ein richtiges Schwein und verstand nichts – und darum muß alles gründlich geschrubbt werden, wobei wir jetzt sind.

*New York ist eine sehr interessante Stadt, wenn man sich erst an
die hohen Häuser und das Gejage gewöhnt hat, und sie haben die
wundervollsten Reinigungsmittel auf dem Supermarkt. Eins heißt
Zip. Man braucht nur ein paar Tropfen ins Wasser zu tun, und es
nimmt die Farbe von allem weg. Sie haben auch ein sehr gutes Spül-
pulver. Es heißt Swoosh und ist besser als alles, was wir drüben haben. Ferner gibt es hier eine gute Fußbodenpolitur. Sie heißt Swizz.
Man trägt sie nur auf, und dann glänzt alles wie eine Eisfläche. Mrs.
Butterfield ist fast ausgerutscht, als ich etwas auf den Küchenfuß-
boden getan hatte, und hält nicht viel davon.*

*Hier wird alles elektrisch gemacht, aber wenn man ein Haus wirk-
lich saubermachen will, dann ist das beste Eimer und Seife und auf
den Knien liegen und alles mit den Händen machen, was wir auch
tun.*

*Ich glaube, Amerika ist sehr interessant, aber ich habe sehr viel
Arbeit. Manchmal wünschte ich, ich wäre wieder mit Ihnen an Bord
der guten alten «Ville de Paris» und wir tränken zusammen einen
Portwein oder eine Zitrone. Haben Sie etwas von den Tidders gehört? Ich habe eine Postkarte von ihnen aus Dayton, Ohio, bekommen und habe ihnen geschrieben, sie möchten nach George Brown,
Henrys Vater, Ausschau halten. Der Marquis schreibt, Henry geht es
gut. Aber ich bin froh, daß Sie dort sind, um ein Auge auf ihn zu
haben, bis ich ihn abholen kann.*

*Ich hoffe, dieser Brief erreicht Sie bei bester Gesundheit. Ich bin
ihre Freundin*

A. Harris

*Französische Botschaft, Washington N. 10, D.C.,
18. G. Street*

22. April

Liebe Mrs. Harris,
*ich danke Ihnen für Ihren Brief vom 19. und beeile mich, Ihnen zu
versichern, daß ich auf der Fahrt von New York nach Washington
keinerlei Schwierigkeiten hatte, was ich auch, wie ich hinzufügen
möchte, bei einem von mir selbst ausgewählten Rolls-Royce nicht erwartet hatte. Ich bin dennoch nicht ganz sicher, ob die amerikanische
Luft dem Vergaser ebenso bekömmlich ist wie die britische Luft, für
die er bestimmt ist. Und ich werde vielleicht später einige kleine Ver-
änderungen vornehmen müssen, um einen Ausgleich zu schaffen. Es
wird Sie interessieren zu hören, daß der Thermostat des Motors in
keiner Weise durch die amerikanische Atmosphäre beeinträchtigt ist
und seine richtige abkühlende Temperatur von etwa 78 Grad behält.
Ich muß gestehen, daß die Straßen in Amerika viel besser sind als*

unsere, und ich frage mich, ob die Vorderfederung und die hinteren Stoßdämpfer nicht etwas gelockert werden können.

Wie er es verdient, erregt der Wagen auf der Straße großes Aufsehen, und als ich in der Nähe von Baltimore anhielt, um zu tanken, versammelte sich eine große Menge, um ihn zu bewundern, und man hörte anerkennende Worte. Ein Herr trat an den Wagen heran, befühlte ihn und rief echt amerikanisch: «Boy, die verstehen was von Wagenbau da drüben!» Abgesehen von ein paar Fingerspuren hat das dem Wagen weiter nicht geschadet, und es war für mich ein erhebendes Gefühl, daß wenigstens ein Amerikaner die Überlegenheit des britischen Könnens anerkannte.

Ja, ich habe von Mr. und Mrs. Tidder gehört. Sie haben mir einen Brief geschickt, der ein Foto ihres Enkelkindes enthielt, eines Babys, dessen besondere Vorzüge freilich jemand, der sein Leben lang Junggeselle gewesen ist, nicht beurteilen kann.

Die Tage an Bord der «Ville de Paris» waren, wie Sie sagen, sehr erfreulich, und ich denke mit Vergnügen daran zurück.

Ich bedaure die unerwartete Wendung, die unser kleiner Plan genommen hat, kann Ihnen aber versichern, daß der Junge blüht und gedeiht. Er hat unter den jüngeren Mitgliedern der diplomatischen Kolonie hier schon viele Freunde gefunden, und ich möchte hinzufügen, daß es mir bisher aus Gründen, über die ich mich hier nicht weiter auslassen will, die wir aber beide kennen, gelungen ist, ihn von den Kindern der Britischen Botschaft fernzuhalten, um so sein Inkognito zu wahren.

Bitte, empfehlen Sie mich freundlicherweise Mrs. Butterfield, und mit vielen Grüßen an Sie selbst, bleibe ich

Ihr getreuer
John Bayswater

Kenosha, Wisconsin, Hotel Slade

1. Mai

Lieber Marquis,
es überrascht Sie sicher, einen Brief von mir von hier zu bekommen, wohin ich gefahren bin, um den Vater des kleinen Henry zu suchen.

Kenosha ist eine schöne Stadt am Ufer des Michigansees mit vielen Fabriken aller Art und vielen Parks und hübschen Straßen und Häusern. Mrs. Schreiber war so nett und hat mir das Geld für den Flug vorgeschossen, als ich ihr sagte, ich hätte einen Verwandten, was nur eine halbe Lüge ist, weil es ja fast so gewesen wäre.

Es machte keine Mühe, Mr. George Brown und seine Frau zu finden. Das ist der aus der Zeitung, von dem ich Ihnen berichtet habe, und sie waren sehr nett zu mir und machten mir Tee, den Mr. Brown zu trinken gelernt hat, als er in England, ganz in der Nähe von London, stationiert war. Sie waren sehr froh, als ich ihnen zeigte, wie man ihn auf die richtige englische Art macht. Mr. Brown hat einige Freunde in Battersea, und so haben wir viel von dort gesprochen. Er und seine Frau waren so freundlich und fuhren mich in ihrem Wagen durch Kenosha, um mir alles zu zeigen.

Kenosha scheint fast so viele Fabriken zu haben wie London, aber Mr. Brown sagt, es ist nur eine kleine Stadt im Vergleich zu manchen anderen, wie Chikago und Milwaukee. Der Kapitän des Flugzeugs machte uns auf diese Städte aufmerksam, als wir sie überflogen. Sie sind sehr groß.

Nun, das Wichtigste habe ich mir für den Schluß aufgespart. Mr. Brown in Kenosha, Wisconsin, ist nicht der George Brown, der der Vater des kleinen Henry ist. Er ist jemand anders, aber er hat es mir nicht übelgenommen, und es schien ihm sehr leid zu tun, daß er mir nicht helfen konnte. Er kannte den anderen George Brown nicht, sagte aber, es gäbe viele Browns bei der Luftwaffe, und er selbst wäre mit zweien bekannt, aber beide wären nicht verheiratet.

Doch machen Sie sich keine Gedanken, weil er nicht der richtige Mr. Brown war. Das ist meine Sorge, und ich will nicht Ada Harris heißen, wenn ich den nicht sehr bald finde. Inzwischen danke ich Ihnen für die Mitteilung, daß ich Henry vielleicht am nächsten Sonntag abholen kann. Ich werde Mrs. Schreiber sagen, ich hätte auch einen Verwandten in Washington. Ha, ha. Da Sie schon so lange mit dem kleinen Henry zusammen sind, sind Sie es ja fast!

Jetzt muß ich schließen, da Mr. und Mrs. Brown die große Freundlichkeit haben, mich in ihrem Wagen zum Flugplatz zu bringen und ich nach New York zurück will, aber am nächsten Sonntag komme ich und hole den kleinen Henry ab und danke Ihnen für Ihre Güte.

Ich hoffe, dieser Brief erreicht Sie bei bestem Wohlbefinden.

Ihre ergebene
Ada Harris

Französische Botschaft, Washington N. 10, D. C.,
18. G. Street

4. Mai

Liebe Mrs. Harris
ich danke Ihnen vielmals für Ihren Brief aus Kenosha, Wisconsin, und verstehe Ihre Enttäuschung so gut, daß der George Brown, von dem Sie so fest glaubten, daß er der Vater des kleinen Henry sei, sich als ein anderer erwiesen hat.

Nichts hätte mich mehr gefreut, als Sie am nächsten Sonntag zu sehen und persönlich von Ihnen Ihre Eindrücke vom Mittleren Westen zu hören, aber leider, fürchte ich, hat das Schicksal uns einen Strich durch die Rechnung gemacht, und Ihr Besuch muß noch ein-

mal verschoben werden. Der kleine Henry scheint sich plötzlich eine Krankheit zugezogen zu haben, die Windpocken heißt, und von der, soviel ich weiß, Kinder seines Alters oft befallen werden. Er muß darum das Bett hüten, erhält aber, wie ich Ihnen versichern kann, die beste Pflege, und nach Meinung des Arztes wird er bald wieder genesen sein.

Sie brauchen sich nicht darüber zu beunruhigen, daß ich mich selber bei dem kleinen Henry leicht angesteckt habe, der sich, wie ich vermute, die Krankheit von dem Sohn des persischen Botschafters geholt hat, und so teile ich mit ihm die Quarantäne. Die Krankheit scheint mich als Kind verschont zu haben. Ich brauche mich aber über diesen Stand der Dinge nicht zu beklagen, da ich so die notwendige Zeit und Ruhe habe, um über die Größe dieser riesigen Nation und die Verantwortung meiner Stellung nachzudenken. Sie können so auch in aller Ruhe Ihre Nachforschungen nach dem Vater des Kindes fortsetzen, eine Aufgabe, der Sie, daran zweifle ich nicht, voll und ganz gewachsen sind.

Sobald die «Gefangenenzeit» des kleinen Henry beendet ist, gebe ich Ihnen Nachricht. Ich werde dann auch verbreiten, daß die Osterferien meines kleinen Enkels zu Ende sind und ich ihn zu seiner Familie nach England zurückschicken muß. Er wird von den vielen Freunden, die er während seines kurzen Aufenthalts hier gefunden hat, sehr vermißt werden, aber von niemandem mehr als dem braven Bayswater und mir selbst. Um Ihnen weitere Ausgaben bei Ihrem selbstlosen Liebeswerk zu ersparen, habe ich Bayswater angewiesen, Sie und den Jungen von Washington nach New York zurückzufahren. Sie werden dadurch auch Gelegenheit haben, etwas mehr von diesem wunderbaren Land zu sehen.

Wenn ich Ihnen sonst noch irgendwie bei Ihrer Suche helfen kann, dann schreiben Sie es mir unumwunden, aber da ich Ihre Energie und Intelligenz kenne, zweifle ich nicht daran, daß Sie den richtigen Mr. Brown finden werden.

Mit herzlichen Grüßen und allen guten Wünschen bin ich wie immer

Ihr
Chassagne

14

Wenn der Marquis auch nicht an Mrs. Harris' Fähigkeit zweifelte, den verschollenen Vater aufzufinden, so begann Mrs. Harris jetzt an sich selbst zu zweifeln, seit der Mann, auf den Sie so fest gesetzt, sich als der verkehrte erwiesen hatte.

Mit Hilfe ihrer Londoner Schläue und Klugheit war es ihr nicht schwergefallen, einen Mr. Brown in Kenosha, Wisconsin, von dem in der Zeitung die Rede gewesen war, ausfindig zu machen. Aber leider war es nicht der richtige gewesen, und den richtigen unter den unzähligen Millionen zu finden, die in diesem Riesenland wohnten, das so groß war, daß nicht einmal das schnellste Düsenflugzeug es auf eine vernünftige Größe reduzieren konnte –, das war etwas anderes. Sie entdeckte zum Beispiel zu ihrem Entsetzen, daß allein im Manhattan-Telefonbuch nicht weniger als 37 George Browns verzeichnet standen. Die gleiche Anzahl gab es in Brooklyn und den drei anderen Stadtteilen. Und auch in den übrigen Großstädten, mit deren Namen sie jetzt vertraut war – Chicago, Detroit, Los Angeles, San Francisco, Philadelphia und New Orleans –, wohnten ihrer ebenso viele, und dabei wußte sie nicht einmal, ob dieser George Brown in einer von ihnen lebte. Vielleicht war er ein wohlhabender Tabakpflanzer im Süden, ein Textilkaufmann in New England oder ein Bergwerksbesitzer im fernen Westen. Ein Brief, den sie an die Luftwaffe geschrieben hatte, brachte die Antwort, daß in ihren Akten 453 George Browns verzeichnet ständen und welchen sie meine, wo und wann er in England stationiert gewesen sei und wie seine Nummer gelautet habe.

Zum erstenmal wurde sich Mrs. Harris ganz der Riesengröße ihrer Aufgabe bewußt, und zugleich wurde ihr klar, daß ihre romantische Natur sie dazu verführt hatte, etwas zu tun, was für eine vernünftige Londoner Putzfrau so gar nicht typisch ist. Sie war ohne Überlegen in ein fremdes Land gefahren, hatte sich einen kleinen Jungen aufgebürdet – oder würde es wenigstens tun, wenn sie ihn bei dem Marquis abholte, was sie dann zwang, ihn vor ihren freundlichen Arbeitgebern zu verstecken.

Daß er zufällig Windpocken bekommen hatte, gab ihr freilich noch eine Atempause, ehe sie dem Problem ins Gesicht sehen mußte, wie sie den kleinen Henry in der Wohnung Tag und Nacht verstecken sollte, aber zum erstenmal spürte Mrs. Harris den kalten Wind der Entmutigung.

Dennoch gab sie der Verzweiflung nicht nach, sondern blieb heiter und verrichtete munter ihre Arbeit. Unter ihrer Ägide lief der Haushalt der Schreibers wie am Schnürchen. Mrs. Butterfield, die erleichtert war, daß es noch eine Weile dauerte, bis Henry kommen würde, kochte wie ein Engel; weitere Dienstboten wurden engagiert, denen Mrs. Harris ihre eigenen Vorstellungen von der Reinhaltung eines Hauses einbläute; und Mrs. Schreiber, die durch Mrs. Harris' Anwesenheit neue Zuversicht schöpfte, begann ihre Hemmungen zu verlieren und Dinnerparties und Gesellschaften zu geben, wie man es von jemand in ihres Mannes Stellung erwartete.

Die gesellschaftlichen Verpflichtungen, die sich daraus ergaben, daß Mr. Schreiber eine der größten Film- und Fernsehgesellschaften in Amerika leitete, zwangen die Schreibers, sich um einige wirklich entsetzliche Leute zu kümmern und sie einzuladen, darunter Zeitungskolumnisten, die die Macht hatten, Unternehmen der Unterhaltungsindustrie, in die viele Millionen investiert waren, groß zu machen oder zu vernichten, Rock'n Roll- und Hillbilly-Sänger, korrupte Gewerkschaftsführer, die die Firma schließen konnten, wenn sie nicht richtig geschmiert wurden, verrückte Fernsehregisseure, deren die Nerven strapazierender Beruf sie bis an den Rand des Irrenhauses brachte, morbide und neurotische Autoren, die gehegt und gepflegt werden mußten, damit sie täglich so viel produzierten, daß die Mühlen weiterliefen, und eine Schar männlicher und weiblicher Schauspieler, Stars, Glamourgirls und -boys.

Viele dieser Gesichter waren Mrs. Harris längst vertraut. Sie hatte sie bisher nur vergrößert auf der Filmleinwand oder verkleinert auf dem Fernsehschirm bewundern können und sah sie nun lebendig und zum Berühren dicht vor sich, wie sie sich an Schreibers Büfett drängten, Mrs. Butterfields Roastbeef und Yorkshire Pudding verschlangen und sich von der aus London importierten Ada Harris bedienen ließen.

Nicht alle von ihnen waren so schrecklich, wie man es sich vorstellen mag, aber die wohlerzogenen schienen doch in der Minderheit zu sein.

Mrs. Harris, die in dem schwarzen Kleid und der weißen Schürze, die ihr Mrs. Schreiber gekauft hatte, sehr fein wirkte, spielte bei diesen Gelegenheiten die dritte Serviererin. Sie wechselte die Teller, reichte Sauce, Majonäse und Käsegebäck, während dem für solche Abende engagierten Butler und der ersten Serviererin die bedeutendere Aufgabe oblag, die gefräßigen Schlünde der berühmten Gratisesser mit Nahrung zu füllen.

Wenn man Mrs. Harris außer ihren romantischen Neigungen eine Schwäche nachsagen konnte, so war es ihre Liebe und Bewunderung für die Leute aus der Welt des Theaters, Films und Fernsehens. Sie kaufte und schätzte die Illusionen, die sie ihr für ihr Geld boten.

Ada Harris war eine moralische Frau mit ihrem eigenen strengen Sittenkodex, die auch bei anderen kein ungehöriges Verhalten duldete. Aber auf diese Leute ließ sich der strenge Kodex einfach nicht anwenden. Sie wußte, sie lebten in ihrer eigenen Welt und hatten ein Anrecht auf andere Maßstäbe. Darum waren Mrs. Schreibers Freitagabend-Dinnerparties für Mrs. Harris geradezu himmlisch. Gerald Gaylord, Nordamerikas großer Filmstar, am Donnerstagnachmittag auf der Leinwand in der Radio City Music Hall zu sehen, dessen schöner Kopf dort so groß wie ein zweistöckiges Gebäude war, und ihn dann am Freitag darauf aus nächster Nähe betrachten zu können, wie er nacheinander sechs Martinis kippte, war ein Genuß, wie sie ihn sich nie erträumt hätte.

Da war Bobby Toms, der Teenager Rock'n Roller mit dem lockigen Haar und dem süßen Gesicht, und sie schloß die Augen davor, daß er schon am frühen Abend betrunken war und in der Gegenwart von Damen sehr häßliche Worte gebrauchte, Worte, die nur von denen übertroffen wurden, die aus dem zarten Munde von Marcella Morell kamen, die im Film schlichte kleine Mädchen spielte, die aber so schön war, daß selbst die scheußlichsten Worte in ihrem Munde schön klangen, wenigstens für jemanden, der die Film-, Fernseh- und Theaterleute so verehrte wie Mrs. Harris. Dann war da ein Hill-billy-Sänger namens Kentucky Claiborne, der in ungewaschenen Jeans und schwarzer Lederjacke erschien und dessen Fingernägel Trauerränder hatten. Ferner ein berühmter Komiker, der auch im wirklichen Leben komisch war, Tänzer, Boxer, schöne Schauspiele-rinnen in herrlichen Toiletten – kurz, es war ein wahres Paradies, selbst für Mrs. Butterfield, die den Glanz des Lebens der Theaterwelt durch die Berichte ihrer Freundin genoß.

Dennoch, trotz ihrer großzügigen und toleranten Einstellung zu den Leuten aus der wunderbaren Welt der Unterhaltungsindustrie, fand Mrs. Harris bald das Haar in der Suppe – nämlich den Hilli-billy-Sänger, der sich selber so unausstehlich machte, daß es nicht lange dauerte, bis ihn jeder, der mit ihm in Berührung kam, einge-schlossen Mrs. Harris, verwünschte.

Vor seinem ersten Erscheinen auf einer der Dinnerparties hatte Mrs. Schreiber sie vor dem gewarnt, was sie erwartete, da die gut-mütige Amerikanerin sicher war, daß Mrs. Harris einem solchen Burschen in London nicht begegnet war, und nicht wollte, daß sein Aussehen und Benehmen sie so sehr erschreckte. «Mr. Claiborne ist eine Art von Genie», erklärte sie, «ich meine, er ist das Idol der Teenager und etwas außergewöhnlich, aber er ist für meinen Mann sehr wichtig, der einen Vertrag mit ihm abschließen will, und das wäre ein sensationeller Erfolg für ihn, denn alle sind hinter Ken-tucky Claiborne her.»

Der Name hatte bereits in Mrs. Harris nicht sehr angenehme Er-innerungen geweckt. Plötzlich war ihr wieder die Zeit eingefallen, als ihr Abenteuer gewissermaßen begonnen hatte. Es war an jenem Abend in ihrer kleinen Wohnung in London gewesen, als die Gus-sets nebenan das Katerjaulen eines amerikanischen Hillbilly-Sängers dieses Namens im Rundfunk dazu benutzt hatten, um den kleinen Henry ungestört prügeln zu können.

Aber auf die geheimnisvolle Art, in der Dienstboten nicht nur mit ihren Ohren erfahren, was um sie herum vorgeht, bekam Mrs. Har-ris heraus und teilte es Mrs. Butterfield mit, daß eben jener Kentucky Claiborne, der irgendwo aus dem Süden der Vereinigten Staaten stammte, einen meteorhaften Aufstieg als Hillbilly-Sänger genommen hatte, da seine Volksliederplatten bei den Teenagern plötzlich größten Anklang fanden und es dadurch zu einem wilden Wettrennen zwischen den Film- und Fernsehfirmen kam, um mit ihm einen Exklusiv-Vertrag zu schließen.

Mr. Schreiber, der sich in kurzer Zeit in einen wirklich glänzenden Filmboß verwandelt hatte, hatte sich vor dem Wettkampf nicht gefürchtet und lag weit vorn im Rennen. Seine Anwälte und die Anwälte von Claibornes Agenten, einem Mr. Hyman, waren dabei, einen Vertrag auszuhandeln, nach dem der Sänger innerhalb von fünf Jahren die Summe von zehn Millionen Dollar erhalten sollte – eine solche Riesensumme, daß nicht nur Mrs. Harris, sondern die ganze Unterhaltungsindustrie darüber verblüfft war.

In der Zwischenzeit war es notwendig, Mr. Claiborne bei guter Laune zu halten, und das war nicht leicht, denn sogar Mrs. Harris merkte, daß, Berühmtheit hin, Berühmtheit her, Kentucky Claiborne eitel, hohl, selbstsüchtig und egozentrisch, grob, laut, beleidigend, langweilig und bäurisch war. «Was wollen Sie?» sagte Mr. Hyman zu Mr. Schreiber. «Er ist ein kleiner Pinscher aber ein kleiner Pinscher mit Talent. Die Jugendlichen sind verrückt nach ihm.»

Das stimmte, wie es auf so viele abstoßende Menschen, die sich ihren Weg bis zum Gipfel bahnen, zutrifft. Er war jetzt ein Mann von fünfunddreißig Jahren mit schon dünn werdendem Haar, tiefliegenden Augen und blauen Backen und war plötzlich aus dem tiefen Süden aufgetaucht, wo er seine hinterwäldlerischen Volkslieder in Kaschemmen und billigen Nachtklubs, von seiner Gitarre begleitet, gegrölt hatte, und war eine nationale Sensation geworden. Seine Augen, seine Stimme, sein Auftreten, sein Vortrag beschworen anscheinend die Einsamkeit und Melancholie der Holzfällerpioniere aus Amerikas Vergangenheit.

Obwohl man von seiner Herkunft nichts erfuhr, mußte er ein armer Junge gewesen sein – um nicht zu sagen, der Ärmste der Ärmsten, denn sein plötzlicher Ruhm, Reichtum und das Umschmeicheltwerden machten ihn noch trunkener, als er durch den Genuß seines Lieblingsgetränks Whisky wurde. Außerdem kaute er Tabak, hatte schmutzige Fingernägel und wusch offensichtlich sich selbst und seine Hillbillytracht nicht allzu oft.

Die Schreibers fanden sich mit ihm ab, weil sie es mußten. Die meisten ihrer Gäste taten es, weil sie die Schreibers ehrlich gern mochten, und viele von ihnen waren ähnlich niedriger Herkunft wie er, hatten sich aber irgendwie besser angepaßt.

Auch Mrs. Butterfield begann Mr. Claiborne bald glühend zu hassen, da er seine abfälligen Bemerkungen über ihr Kochen mit so lauter Stimme machte, daß, wenn sich die Schwingtür öffnete, sie bis in die Küche drang, und das, was sie nicht selbst hörte, berichtete ihr Mrs. Harris entrüstet.

Mr. Claiborne war laut und ungehemmt in allem, was ihn selbst betraf. Als zum Beispiel eines Abends Mrs. Butterfield ein wirklich delikates Käsesoufflé bereitet hatte, weigerte sich der Hillbilly-Sänger, nachdem er daran gerochen hatte, etwas davon zu nehmen: «Puh! Das stinkt! Was würde ich für Gerichte nach alter Art aus dem Süden geben – fetter Schweinerücken mit Rübengemüse und Brühe oder gebratenes Huhn mit Mais. Das ist das richtige Essen für einen Mann. Mein Magen kann dieses ausländische Zeug nicht vertragen. Ich warte lieber, bis Fleisch und Kartoffeln gereicht werden.»

Bei einem anderen Essen verbreitete er sich über seine Rassenvorurteile. «Ich habe nichts für Nigger über, Leute, die Nigger lieben, oder Ausländer. Ich sage, schickt all die Nigger dorthin zurück, woher sie kommen, und laßt keine Ausländer mehr rein. Dann wird es hier endlich wieder Gottes eigenes Land sein.»

Der arme Mr. Schreiber wurde dunkelrot bei diesen Worten, und einige der Gäste sahen aus, als ob sie gleich explodieren würden. Dennoch wußten sie alle, daß, wenn Mr. Claiborne gereizt wurde, er plötzlich die Vertragsverhandlungen abbrechen und mit seiner märchenhaften Popularität und seinem Kassenwert anderswohin ginge.

Mrs. Harris machte Mrs. Butterfield gegenüber ihrer Ansicht über Mr. Claiborne in kräftigen echten Battersea-Ausdrücken Luft, schloß dann aber milder: «Als er das von den Ausländern sagte, blickte er mich an. Und ich konnte nur mit Mühe den Mund halten.»

Als sich Mr. Schreiber bei Claibornes Agenten, Mr. Hyman, beschwerte und fragte, ob er nicht einen zivilisierenden Einfluß auf ihn ausüben könne, wenigstens was sein Äußeres, seine Worte und Tischmanieren betreffe, antwortete dieser: «Was wollen Sie? Er ist ein Naturbursche, und darum ist er das Idol von Millionen amerikanischer Jugendlicher. Er ist genau wie sie. Wenn man ihn wäscht und in einen Anzug steckt, verdirbt man ihn nur. Er wird viel Geld für Sie machen. Da kann Ihnen das doch ganz gleich sein.»

15

Schließlich kam der Tag, da Mrs. Harris, der der Marquis geschrieben hatte, daß der kleine Henry niemanden mehr anstecke, ja wieder munter und gesund sei, auf dem Pennsylvania-Bahnhof den Zug nach Washington bestieg. Dort angekommen, heuerte sie mit ihrer üblichen Energie und Unternehmungslust als erstes einen Taxifahrer, der sie schnell durch die Hauptstadt fahren sollte, ehe er sie vor der Französischen Botschaft absetzte. Nach einer Rundfahrt, die das Capitol, das Washington-Monument, das Grabmal Lincolns, das Pentagon und das Weiße Haus einschloß, lehnte sich der Fahrer, der während des Krieges bei der Marine gewesen und sich lange Zeit in den britischen Gewässern und Häfen aufgehalten hatte, nach hinten und fragte: «Na, Ma, was halten Sie davon? Es ist nicht der Buckinghampalast oder die Westminster-Abtei, aber es gehört uns.»

«Du lieber Gott», erwiderte Mrs. Harris, «ihr könnt ja nicht alles haben. Es wirkt sogar hübscher als auf Bildern.»

In der Botschaft wurde Mrs. Harris vom Marquis de Chassagne sehr herzlich begrüßt – teils, weil er eine echte Zuneigung zu ihr empfand, und teils, weil er erleichtert war, daß das, woraus eine sehr schlimme Geschichte hätte werden können, sich jetzt, soweit es ihn selber betraf, in Wohlgefallen auflöste.

Ein ganz neuer Henry Brown kam auf Mrs. Harris zugestürmt und schlang die Arme um sie. Neu darum, weil er wie die meisten Kinder, die mit Windpocken zu Bett liegen, während der Krankheit ein paar Zentimeter gewachsen und durch die gute Ernährung und Behandlung auch etwas rundlicher geworden war. Die Augen und der große Kopf waren immer noch klug und wissend, aber nicht mehr traurig. Es war ihm sogar gelungen, sich einige Manieren abzugucken. Und während des Mittagessens, zu dem der Marquis Mrs. Harris eingeladen hatte, stopfte er sich nicht zu große Bissen in den Mund, aß nicht mit dem Messer und ließ sich auch andere Verstöße gegen das gute Benehmen nicht zuschulden kommen.

Mrs. Harris, die selbst sehr auf Etikette hielt und den kleinen Finger anmutig spreizte, blieb es nicht verborgen, wie sehr er sich gebessert hatte, und sie bemerkte: «Gott, mein Liebling, wie wird dein Vater stolz auf dich sein!»

«Ach», sagte der Marquis, «ich wollte gerade darauf kommen. Haben Sie ihn gefunden?»

Mrs. Harris errötete. «Leider nein», erwiderte sie. «Und ich schäme mich wirklich, daß ich vor Mrs. Butterfield geprahlt habe, ich würde ihn, wenn ich erst einmal in Amerika wäre, im Handumdrehen finden. Ich nehme eben immer den Mund zu voll. Aber ich werde es schon schaffen.»

Sie wandte sich Henry zu und sagte: «Sei unbesorgt, mein Junge, ich werde deinen Vater finden, oder ich will nicht Ada Harris heißen.»

Der kleine Henry nahm dieses Versprechen hin, ohne daß sich sein Gesichtsausdruck veränderte oder daß er sein Schweigen brach. Um die Wahrheit zu sagen, in diesem Augenblick war es ihm ziemlich gleichgültig, ob sie es tun würde oder nicht. Es war ihm noch nie so gut gegangen, und er wollte nicht zu habgierig sein.

Der Marquis geleitete sie zum Hauptportal der Botschaft, vor dem der blaue Rolls-Royce mit funkelnder Kühlerfigur und blitzendem Chrom und dem hübschen und tadellos gekleideten Bayswater am Steuer wartete.

«Darf ich vorn sitzen, Onkel Hypolite?»

«Wenn Bayswater es erlaubt.»

Der Chauffeur nickte gnädig.

«Tante Ada auch?»

Zu seiner Überraschung merkte Mr. Bayswater, daß er zum zweitenmal nickte. Noch nie hatte jemand außer einem Diener jemals neben ihm vorn im Rolls-Royce gesessen.

«Auf Wiedersehn, Onkel Hypolite», sagte der Junge, lief zu dem Marquis und umarmte und küßte ihn. «Du bist wirklich ganz prima zu mir gewesen.»

Der Marquis klopfte ihm auf die Schulter und sagte: «Auf Wiedersehn, mein kleiner Neffe und Enkel. Viel Glück, und sei schön brav!» Und zu Mrs. Harris sagte er: «Auf Wiedersehn, Madame, und auch Ihnen viel Glück. Und wenn Sie den Vater finden, ist es hoffentlich ein guter Mann, der ihn liebt.» Er blieb auf dem Gehsteig stehen, blickte ihnen nach, bis der Wagen um die Ecke gebogen war, und kehrte dann in die Botschaft zurück. Er fühlte sich nicht mehr erleichtert, sondern nur etwas einsam und ein bißchen älter.

So fuhren Bayswater, der kleine Henry in einem neuen Anzug und neuen Schuhen – die ihm der Marquis gekauft hatte und in denen er mehr denn je wie ein kleiner Lord aussah, wie man sie im «Tatler» und in der «Queen» bewundern kann – und Mrs. Harris auf der Autobahn von Washington nach New York. Sie saßen alle drei nebeneinander vorn im Wagen, plauderten und tauschten ihre Eindrücke aus. Mrs. Harris glaubte, nie einen so eleganten und anziehenden Mann wie Mr. Bayswater in seiner grauen Whipcorduniform und der grauen Mütze mit dem Wappen des Marquis über dem Schirm gesehen zu haben. Mr. Bayswater war ein wenig verwirrt, weil ihm die Gesellschaft von Mrs. Harris so gut gefiel. Sonst hätte er auf solch einer Fahrt nur auf das sanfte, fast unhörbare Summen des Rolls-Royce gelauscht, auf das Quietschen der Reifen und das wunderbare Schweigen der Bolzen und Federn. Aber jetzt hörte er mit halbem Ohr auf die Fragen und das Geplauder von Mrs. Harris, die es sich in dem komfortablen Ledersitz bequem gemacht hatte. Er geruhte sogar, mit ihr zu sprechen, und das hatte er während seiner ganzen Fahrzeit nur 1937 einmal getan, als er Lord Bootheys neben ihm sitzenden Diener scharf anfahren mußte, er solle gefälligst geradeaus blicken, statt seine Augen überallhin schweifen zu lassen. «Ich bin durch Madison, Wisconsin, eine Stadt mit breiten Straßen und hübschen Häusern gefahren», sagte er, «aber ich bin noch nie in Kenosha gewesen. Was würden Sie als das Schönste dort bezeichnen?»

«Etwas, das es in dem Hotelrestaurant dort gab – Pfannkuchen mit Schweinswürstchen und echtem Ahornsirup. Ach, so was Gutes hatte ich noch nie gegessen! Ich habe vier Portionen verzehrt, und danach war mir übel, aber verdammt, das war es wert.»

«Mäßigkeit ist der Wegweiser zur Gesundheit», bemerkte Mr. Bayswater salbungsvoll.

«Aber hören Sie mal, John», sagte Mrs. Harris, wobei sie ihn zum erstenmal mit seinem Vornamen anredete. «Haben Sie je solche Pfannkuchen gegessen?»

Nachdem er den ersten Schock, sich von einer Frau mit dem Vornamen angeredet zu hören, überwunden hatte, verzog Mr. Bayswater den Mund zu einem säuerlichen Lächeln und sagte: «Nun, vielleicht habe ich es nicht, Ada. Aber wissen Sie, was wir tun, da Sie so auf Magenfreuden erpicht sind? Fünf Meilen weiter ist ein Howard-Johnson-Restaurant, und da werden wir anhalten und einen Happen zu uns nehmen. Haben Sie schon einmal neuenglische Muschelsuppe gegessen? Ich garantiere Ihnen, es wird Ihnen davon wieder übel werden. Es ist das Beste von der Welt. Und der Kleine bekommt Eiskrem. Howard Johnson hat siebenunddreißig verschiedene Sorten Eiskrem.»

«Du meine Güte», rief Mrs. Harris. «Siebenunddreißig Sorten! So viele Aromen gibt es ja gar nicht. Glaubst du das, Henry?»

Henry blickte mit großem Vertrauen zu Mr. Bayswater auf und erwiderte: «Wenn er es doch sagt!»

Sie hielten vor dem orange-weiß gestrichenen Howard-Johnson-Restaurant am Rande der Autobahn – wo Hunderte von Wagen, alle in der gleichen Richtung, nebeneinander standen wie Schweine vor einem Trog – und ließen sich dort nieder und probierten lukullische Bissen der amerikanischen Autobahngastronomie.

Aber diesmal war es nicht Mrs. Harris, sondern Henry, dem übel wurde. Er hatte bereits neun verschiedene der berühmten Howard-Johnson-Eiskrems verzehrt, aber der zehnte – mit Heidelbeergeschmack – warf ihn um. Doch nachdem man ihn gesäubert hatte, war er so gut wie neu, und sie stiegen wieder in den Rolls-Royce und fuhren heiter und glücklich der großen Metropole am Hudson entgegen.

Als sich die Fahrt ihrem Ende näherte, berichtete Mr. Bayswater Mrs. Harris von des kleinen Henrys Beliebtheit bei den Diplomatenkindern, bevor die Windpocken ihn niedergestreckt und seinem Tatendrang einen Riegel vorgeschoben hatten, der sich darin geäußert hatte, daß er schneller gelaufen und weiter gesprungen war als die

73

Sprößlinge der Botschafter von Spanien, Schweden, Indonesien, Ghana, Finnland und den Niederlanden.

«So etwas», sagte Mrs. Harris, und dann zwinkerte sie Mr. Bayswater über Henrys Kopf hinweg zu und sagte: «Aber wie kommt es, daß sie nicht gemerkt haben, daß der kleine Henry kein... ich meine...»

«Ha», höhnte Mr. Bayswater. «Wie sollten sie das wohl? Sie können des Königs Englisch selber nicht besser sprechen. Der Junge wird einmal ein großer Mann.»

Hier brach der kleine Henry ausnahmsweise sein übliches langes Schweigen. «Mir hat die Ostergesellschaft auf dem Rasen am besten gefallen», vertraute er Mrs. Harris an. «Wir mußten versteckte Ostereier suchen, und dann mußten wir mit einem Ei auf einem Löffel um die Wette laufen. Onkel Ike hat gesagt, ich sei der beste von allen, und vielleicht würde ich ein Meister werden.»

«Das hat er wirklich gesagt?» sagte Mrs. Harris. «Das war aber nett. Wer, sagtest du, Onkel Ike? Wer ist denn Onkel Ike?»

«Das weiß ich nicht», erwiderte der kleine Henry. «Es war ein freundlicher Mann mit Kahlkopf. Er wußte, daß ich direkt aus London gekommen bin.»

«Er meint den Präsidenten der Vereinigten Staaten und die alljährliche Ostergesellschaft für die Kinder der Mitglieder des Diplomatischen Korps auf dem Rasen des Weißen Hauses», erklärte Mr. Bayswater etwas hoheitsvoll. «Mr. Eisenhower leitete das Fest persönlich. Ich stand ganz in seiner Nähe. Wir haben ein paar Worte gewechselt.»

«Lieber Gott, ihr verkehrt mit Präsidenten! – Ich bin einmal so dicht an die Königin herangekommen, als sie Weihnachtseinkäufe bei Harrods machte, daß ich sie fast berühren konnte.»

Der Rolls-Royce summte jetzt – es war fast, als ob er schwebte – über das Netzwerk aus Stahl und Beton der Hochstraße, die sich über die Sümpfe von New Jersey spannt. In der Ferne sah man, von der Frühlingsabendsonne beschienen, die Türme von Manhattan aufragen. Turmspitze des Empire State Buildings und die silberne Stahlspitze des Chrysler Buildings funkelten mehr als dreihundert Meter hoch über der Straße, und jedes Fenster in der glatten Fassade des Hauses der Radio Corporation von Amerika und anderer Gebäude im Zentrum von New York begann zu glühen, bis sie alle buchstäblich zu brennen schienen.

Mrs. Harris genoß das ferne Schauspiel, bis sie in die Höhle des Lincoln Tunnels einfuhren, und murmelte: «Ach, und da habe ich gedacht, der Eiffelturm sei schon was!» Und sie dachte: Wer hätte je geglaubt, daß Ada Harris aus Battersea, Willis Gardens 5, einmal in einem Rolls-Royce neben einem so reizenden und eleganten Gentleman, einem wirklichen, richtigen Gentleman – Mr. John Bayswater – sitzen und mit eigenen Augen so etwas Herrliches wie New York sehen würde! Und der ergrauende kleine Chauffeur dachte: Wer hätte je geglaubt, daß Mr. John Bayswater aus Bayswater das von Freude und Entzücken verklärte Gesicht einer kleinen aus London hierher verpflanzten Putzfrau beobachten würde, die eins der größten und schönsten Schauspiele in der Welt betrachtet, statt mit beiden Augen auf die verstopfte Straße zu achten und nur auf die Stimme seines Fahrzeugs zu hören.

Mrs. Harris bat den Chauffeur, sie, weil das sicherer war, an der Ecke der Madison Avenue abzusetzen, und als sie sich voneinander verabschiedeten und sie sich bei ihm für die Fahrt und das Essen bedankte, hörte Mr. Bayswater zu seiner Überraschung sich sagen: «Wir werden uns wohl nicht wiedersehen.» Und dann fügte er hinzu: «Viel Glück mit dem Jungen! Ich hoffe, Sie finden seinen Vater. Lassen Sie es uns wissen! Es wird den Marquis gewiß interessieren.»

Mrs. Harris erwiderte vergnügt: «Wenn Sie je hier wieder vorbeikommen, dann rufen Sie mich an – Sacramento 99900 –, wir könnten uns dann vielleicht zusammen einen Film in der Radio City Music Hall ansehen. Das ist mein Lieblingskino. Mrs. Butterfield und ich gehen jeden Donnerstag dorthin.»

«Wenn Sie je nach Washington kommen, besuchen Sie uns», sagte Mr. Bayswater. «Der Marquis wird sich freuen, Sie zu sehen.»

«Wird gemacht.» Sie und der kleine Henry standen an der Ecke und sahen ihn im Strom des Verkehrs verschwinden. In dem Rolls-Royce beobachtete Mr. Bayswater die beiden in seinem Rückspiegel, bis er schließlich fast mit einem Taxi zusammenstieß, und die Auseinandersetzung mit dem Fahrer, der ihn einen englischen Döskopf nannte, brachte ihn in die Welt der Wirklichkeit und der Rolls-Royce zurück.

Mrs. Harris betrat einen Drugstore und rief Mrs. Butterfield an, um ihr zu sagen, daß sie angekommen seien, und zu fragen, ob die Luft rein sei.

16

Den kleinen Henry Brown in den Gesindeflügel der Wohnung in der Park Avenue 650 einzuschmuggeln, machte keinerlei Schwierigkeiten. Mrs. Harris führte ihn einfach durch den Lieferanteneingang in der 67. Street, fuhr mit dem Lastenfahrstuhl hinauf und betrat die große Wohnung durch die Hintertür.

Ihn heimlich dort zu behalten, wäre ebenso einfach gewesen, da er daran gewöhnt war, sich «unsichtbar» zu machen. Die Schreibers waren auch noch nie im Gesindeflügel gewesen und benutzten nie die Hintertür der Wohnung. In dem riesigen Kühlschrank waren außerdem immer so viele Lebensmittelvorräte, daß niemand merken konnte, wenn ein Kind etwas davon aß, und da er ein stiller kleiner Junge war, wäre er dort wohl auch für immer unentdeckt geblieben, wenn seine Anwesenheit nicht die unselige Wirkung auf Mrs. Butterfield gehabt hätte.

Sie hatte sich jetzt an die Methoden der amerikanischen Supermärkte und die Lieferanten gewöhnt, fürchtete sich nicht mehr vor der gigantischen Stadt und freute sich über die Dollars, die sie sparte, und weil der kleine Henry so lange in Washington bleiben mußte, hatte sie sich in einer falschen Sicherheit gewiegt, aber nun, da er hier war, war es damit aus. All ihre Ängste, Sorgen und Prophezeiungen einer Katastrophe kehrten zurück – nur noch stärker –, denn jetzt schien keine Lösung, kein glückliches Ende mehr möglich, und man saß endgültig in einer Sackgasse. Da Mrs. Harris aus Kenosha die betrübliche Nachricht mitgebracht hatte, daß jener George Brown nicht der Vater des Jungen war, und ihre weiteren Versuche, ihn ausfindig zu machen, sich als ebenso vergeblich erwiesen hatten, war es für Mrs. Butterfield klar, daß nur noch die Hinrichtung oder lebenslängliches Schmachten in einem Kerker sie erwartete.

Sie hatten einen kleinen Jungen am hellichten Tage in den Straßen von London geraubt, hatten ihn auf einem Ozeandampfer versteckt, ohne für ihn die Überfahrt zu bezahlen, hatten ihn in die Vereinigten Staaten von Amerika eingeschmuggelt – ein Kapitalverbrechen offensichtlich, wenn man an all die Vorsichtsmaßregeln dachte, die das verhindern sollten –, und jetzt setzten sie allen früheren Verbrechen noch die Krone auf, indem sie ihn in der Wohnung ihrer Arbeitgeber verbargen. All dies konnte nur mit einer entsetzlichen Katastrophe enden.

Und zu allem Unglück begann sich ihre Nervosität auf ihr Kochen auszuwirken.

Salz und Zucker wurden oft verwechselt, Sirup und Essig mischten sich geheimnisvoll miteinander; Soufflés fielen entweder zusammen oder blähten sich auf; Soßen gerannen, und der Braten verbrannte. Ihr feines Zeitgefühl verließ sie vollkommen, so daß sie nicht mehr ein Vier-Minuten-Ei kochen konnte, sondern nur ein rohes oder steinhartes zustande brachte. Ihr Kaffee wurde wäßrig, ihr Toast wurde schwarz – ja, sie konnte nicht einmal mehr eine Tasse anständigen englischen Tee machen.

Die Abendessen, die sie für Mr. Schreibers berühmte Gäste bereiten mußte, spotteten jeder Beschreibung. Und Leute, die früher darauf gebrannt hatten, zu einer der Gesellschaften der Schreibers eingeladen zu werden, erfanden jetzt alle Arten von Entschuldigungen, um dem scheußlichen Fraß zu entgehen, der aus Mrs. Butterfields Küche kam.

Es war keine Genugtuung für Mrs. Schreiber, noch für Mrs. Harris, noch für Mrs. Butterfield, daß der einzige, der jetzt zufrieden schien, Kentucky Claiborne war. Wenn ein besonders verbrannter Braten mit einer mehr als versalzenen und zu dicken Soße auf dem Tisch erschien, dann haute er mit fliegenden Ellbogen ein und brüllte: «Oh, Henrietta, das ist schon besser. Sie haben wohl diese alte Flasche, die Sie in der Küche hatten, rausgeschmissen und dafür eine hundertprozentige amerikanische Köchin angestellt? Ich würde gern noch etwas von dieser prächtigen Soße essen.»

Natürlich geschah dies alles nicht auf einmal. Es ging allmählich vor sich, aber dann steigerte sich plötzlich das Tempo, als Mrs. Butterfield selber ihrer Unterlassungssünden und Vergehen gewahr wurde und darüber völlig die Fassung verlor. Natürlich verschlimmerten sich von da an die Dinge rasch, bis schließlich Mr. Schreiber sich bewogen fühlte, seine Frau zu fragen: «Sag mal, Henrietta, was ist in die beiden gefahren, die du aus London mitgebracht hast? Seit Wochen haben wir nichts Anständiges mehr auf dem Tisch gehabt. Wie kann ich da noch jemanden zum Essen einladen?»

«Aber zuerst ging doch alles so gut», erwiderte Mrs. Schreiber, «und sie schien eine so großartige Köchin zu sein.»

«Nun, jetzt ist sie es nicht mehr», sagte Mr. Schreiber. «Und wenn ich du wäre, würde ich sie hinauswerfen, bevor sie jemanden vergiftet.»

Mrs. Schreiber nahm Mrs. Harris ins Gebet, und zum erstenmal war die kleine Putzfrau, der sie ehrlich zugetan war, ein bißchen störrisch. Als Mrs. Schreiber Mrs. Harris fragte: «Sagen Sie, fehlt Mrs. Butterfield etwas?» blickte diese sie nur seltsam an und antwortete: «Wem? Violet? Violet geht's sehr gut.»

Mrs. Harris war in einem entsetzlichen Dilemma: Sie wurde hin und her gerissen zwischen der Zuneigung und Treue zu ihrer freundlichen Arbeitgeberin und der Liebe und noch größeren Treue zu ihrer alten Freundin, von der sie wußte, daß sie jetzt alles verkehrt machte und warum. Was sollte sie tun, außer dem, was sie schon getan hatte, nämlich Mrs. Butterfield anzuflehen, sich zusammenzureißen? Aber darauf hatte Mrs. Butterfield sie nur mit einer Flut von Vorwürfen überschüttet: Allein durch ihre Schuld säßen sie in der Patsche und die Vergeltung werde nicht auf sich warten lassen. Sie hatte selber wohl gemerkt, daß Mrs. Butterfields Kochkunst bedenklich nachgelassen hatte und daß man bei Tisch höchst unzufrieden war. Und sie wußte jetzt, daß ihnen eine neue Gefahr drohte, daß nämlich Mr. Schreiber sie beide nach London zurückschicken würde. Wenn dies geschah, bevor sie den Vater des kleinen Henry gefunden hatte, dann saßen sie wirklich in der Falle, denn Mrs. Harris machte sich keine Illusionen darüber, daß sie den Jungen ebenso zurückschmuggeln könnte, wie sie ihn hergebracht hatte. Solch ein Husarenstück glückte einmal, aber nicht zweimal.

Mrs. Harris wußte auch, daß es ein Fehler von ihr gewesen war, Mrs. Schreiber nicht sofort ins Vertrauen zu ziehen, und das regte sie so auf, daß sie jetzt erst recht etwas Verkehrtes tat. Nicht genug damit, daß sie Mrs. Schreiber eine knappe, unbefriedigende Antwort gab, machte sie sich auch noch zu einem Spaziergang in die Park Avenue auf, um darüber nachzudenken, wie sie es verhindern könnte, daß sich die Lage noch verschlimmerte.

So kam es, daß sie nicht anwesend war, als Mrs. Schreiber zum erstenmal in das Labyrinth ihres Gesindeflügels eindrang, um sich mit Mrs. Butterfield auszusprechen und, wenn möglich, die psychologischen Gründe für ihr merkwürdiges Verhalten herauszubekommen. Und da entdeckte sie den kleinen Henry im Wohnzimmer der Dienstboten, der dort stillvergnügt seine Fünf-Uhr-Vesper verzehrte. Ihre leise Überraschung verwandelte sich in einen richtigen Schock, als Mrs. Schreiber plötzlich sah, daß der Junge jener war, dessen Bilder sie in den Zeitungen gesehen hatte, und sie rief: «Großer Gott, das ist ja der Herzog... ich meine, der Marquis... ich meine der Enkel des französischen Botschafters! Was um alles in der Welt macht der hier?»

Obwohl Mrs. Butterfield dieses Einschlagen des Blitzes längst erwartet hatte, reagierte sie nicht so darauf, wie man es hätte vermuten müssen: Sie fiel auf die Knie, faltete die Hände und weinte: «Ach Gott, Madam, schicken Sie uns nicht ins Gefängnis! Ich bin nur eine arme Witwe und habe bloß noch ein paar Jahre zu leben.» Und dann begann sie so laut und unbeherrscht zu jammern und zu schluchzen, daß man es vorn in der Wohnung hörte und Mr. Schreiber angeeilt kam.

Zum erstenmal verlor selbst der kleine Henry seine Ruhe, als er sah, wie seine Gönnerin zu einem Elendshäufchen zusammenschrumpfte, und er brach selber aus Angst in lautes Wehegeschrei aus.

Dieses Bild bot sich Mrs. Harris, als sie von ihrem kleinen Spaziergang zurückkam. Sie blieb einen Augenblick in der Tür stehen und betrachtete die Szene. «Ach du liebe Zeit», sagte sie dann, «jetzt ist es passiert.»

Mr. Schreiber war ebenso verblüfft wie seine Frau, seine englische Köchin in einem fast hysterischen Zustand zu sehen, und dazu einen kleinen Jungen, dessen Bild vor nicht langer Zeit auf den Titelseiten der New Yorker Presse als Sohn eines Lords und des Enkels des französischen Botschafters in den Vereinigten Staaten geprangt hatte.

Irgendwie hatte er, vielleicht weil Mrs. Harris die einzige in dem Drama war, die ganz ruhig und gefaßt zu sein schien, das Gefühl, daß sie die Ursache von allem war. Und tatsächlich mußte die kleine Putzfrau beim Anblick dieser Szene und im Gedanken an die sich daraus ergebenden Folgen mühsam ein Kichern unterdrücken. In ihren Augen funkelte der Schalk, denn sie gehörte zu jenen, die nie über verschüttete Milch weinen – die im Gegenteil darüber lachen, als ob das ein Scherz wäre. Sie hatte immer gewußt, daß sie eines Tages in der Schlinge stecken würde, und nun es geschehen war, hatte sie nicht die Absicht, die Nerven zu verlieren.

«Können Sie mir das erklären, Mrs. Harris?» fragte Mr. Schreiber. «Sie scheinen die einzige hier zu sein, die noch einigermaßen bei Verstand ist. Was zum Teufel macht der Enkel des französischen Botschafters hier? Und was ist in Mrs. Butterfield gefahren?»

«Das ist es ja eben», erwiderte Mrs. Harris. «Er ist nicht der Enkel des Marquis. Und darum kann sie nicht mehr kochen. Das arme Kind hat die Nerven verloren.» Und dann sagte sie, zu dem Jungen und ihrer Freundin gewandt: «Hör auf zu heulen, Henry! Reiß dich zusammen, Vi!»

Und sofort hörten die beiden auf diese Ermahnung hin mit ihrem Jammern und Weinen auf. Der kleine Henry machte sich wieder an sein Essen, während Mrs. Butterfield sich mühsam erhob und ihre Augen mit der Schürze trocknete.

«So», sagte Mrs. Harris, «jetzt ist es wohl an der Zeit, daß ich es erkläre. Dies ist Henry Brown. Er ist eine Art Waise. Wir haben ihn aus London mitgebracht, um ihm zu helfen, seinen Vater zu finden.»

Jetzt war es an Mr. Schreiber, ein erschrockenes Gesicht zu machen. «Na, hören Sie mal, Mrs. Harris, das ist doch der Junge, dessen Bild in der Zeitung erschienen ist und von dem es dort hieß, er sei der Enkel des Marquis.»

«Ich habe damals noch gesagt», fiel Mrs. Schreiber ein, «was für ein hübscher kleiner Junge er zu sein scheine.»

«Das kam daher, weil der Marquis ihn für uns durch die Paßkontrolle gebracht hat», erläuterte Mrs. Harris. «Sonst hätten sie ihn nicht hereingelassen. Da der Marquis etwas sagen mußte, hat er das erfunden. Der Marquis ist ein alter Freund von mir – der kleine Henry hat, während er bei ihm war, Windpocken gehabt.»

Mr. Schreibers Augen, die schon ein wenig herausquollen, drohten ihm aus dem Kopf zu springen, als er keuchend sagte: «Der Marquis hat ihn für Sie eingeschmuggelt? Wollen Sie damit sagen...»

«Ich muß es wohl noch genauer erklären», erwiderte Mrs. Harris, und ohne noch einmal unterbrochen zu werden, erzählte sie die Geschichte von dem kleinen Henry, dem verlorenen GI-Vater, den Gussets und all dem, was dann geschehen war, darunter von ihrem erfolglosen Besuch in Kenosha, Wisconsin. «Und natürlich ist die arme Vi so nervös geworden, daß sie nicht mehr kochen konnte. Wenn nichts sie bedrückt, gibt es keine bessere Köchin als Vi.»

Mr. Schreiber ließ sich plötzlich auf einen Stuhl fallen und begann so heftig zu lachen, daß ihm die Tränen die Wangen hinunterliefen, während Mrs. Schreiber zu dem kleinen Henry ging, ihre Arme um ihn schlang und sagte: «Du armer kleiner Kerl. Wie tapfer bist du gewesen! Du mußt ja eine schreckliche Angst gehabt haben.»

In einem seiner seltenen Augenblicke von Redseligkeit und Wärme, und von Mrs. Schreibers Zärtlichkeit entflammt, sagte der kleine Henry: «Wer? Ich? Wovor?»

Mr. Schreiber hatte sich wieder so weit von seinem Lachanfall erholt, daß er sagen konnte: «Wenn das nicht das Tollste ist, was ich je gehört habe! Der französische Botschafter hat den Jungen auf dem Hals und muß sagen, er sei sein Enkel. Ist Ihnen klar, daß Sie sich dadurch in eine schlimme Lage hätten bringen können? Ja, das kann immer noch geschehen, wenn man hinter die Sache mit dem Jungen kommt.»

«Darum habe ich ja nächtelang wach gelegen», gestand Mrs. Harris. «Es wäre alles so einfach gewesen, wenn jener Mr. Brown in Kenosha sein Vater gewesen wäre – ein Vater hat doch wohl das Recht, seinen eigenen Sohn in seinem eigenen Lande zu haben? Aber er war es nicht.»

«Nun, und was werden Sie jetzt tun?» fragte Mr. Schreiber.

Mrs. Harris blickte ihn düster an und antwortete nicht, aus dem einfachen Grunde, weil sie es nicht wußte.

«Warum kann er nicht hier bei uns bleiben, bis Mrs. Harris seinen Vater ausfindig gemacht hat?» sagte Mrs. Schreiber und gab dem Kind noch einen Kuß und bekam darauf einen von ihm – ein plötzlicher Ausbruch von Zuneigung, der ihr Herz rührte. «Niemand braucht es zu wissen. Er ist solch ein lieber kleiner Junge.»

Mrs. Butterfield watschelte auf Mrs. Schreiber zu, drehte einen Zipfel ihrer Schürze in den Fingern und sagte: «Ach, Madam, wenn Sie das doch könnten! Ich würde mir das Herz für Sie aus dem Leibe kochen.»

Mr. Schreiber, dessen Gesicht beträchtliche Zweifel ausdrückte, ob es klug sei, Henry zu behalten, erhellte sich plötzlich, als ihm eine Lösung des Problems zu dämmern begann, und er sagte zu Henry: «Komm einmal her, mein Junge.»

Henry stand auf, kam herüber, stellte sich vor Mr. Schreibers Stuhl und blickte ihm fest und furchtlos in die Augen.

«Wie alt bist du?»

«Acht, Sir.»

«Sir! Das fängt ja gut an. Wo hast du das gelernt?»

«Tante Ada hat es mich gelehrt.»

«Du kannst also lernen? Das ist gut. Bist du froh, daß Mrs. Harris dich aus London hergebracht hat?»

Der kleine Henry stieß einen tiefen Seufzer aus und antwortete: «Sehr.»

«Möchtest du in Amerika leben?»

Auch hier wußte der kleine Henry die richtige Antwort. «Wer möchte das nicht?» sagte er.

«Glaubst du, daß du Baseball spielen lernen könntest?»

Offensichtlich hatte der kleine Henry in Washington sich darin geübt. «Ha», sagte er höhnisch. «Jeder, der Kricket spielen kann, kann auch Baseball spielen. Ich habe schon einen über das ganze Feld geschlagen.»

«Das ist aber großartig», sagte Mr. Schreiber, jetzt ehrlich interessiert. «Vielleicht können wir einen Baseballspieler aus ihm machen.»

Es hatte ein wenig länger gedauert, aber da war dieses wunderbare Pronomen «wir» wieder. Mr. Schreiber gehörte jetzt dazu. Er sagte zu dem Jungen: «Du sehnst dich gewiß sehr danach, deinen Vater zu finden, wie?»

Darauf antwortete der kleine Henry nicht, sondern blickte Mr. Schreiber stumm an, mit Augen, in denen sich kurz zuvor Kummer und Leid gespiegelt hatten. Da er nie einen wirklichen Vater kennengelernt hatte, konnte er sich nicht vorstellen, wie es sein würde. Wäre der Vater aber so wie Mr. Gusset, dann hätte er lieber keinen. Da jedoch alle so viel Wesens davon machten und sich sehr bemühten, diesen Vater zu finden, wollte er nicht unhöflich sein, und so sagte er, anstatt die Frage zu beantworten: «Sie sind O.K. Ich hab Sie gern.»

Mr. Schreibers rundes Gesicht wurde vor Freude rot, und er klopfte dem Jungen auf die Schulter. «Soso», sagte er. «Nun, wir werden sehen, was wir tun können. Bis dahin kannst du bei Mrs. Harris und Mrs. Butterfield bleiben.» Er wandte sich Mrs. Harris zu: «Was haben Sie bis jetzt bei der Suche nach dem Vater des Jungen erreicht?»

Mrs. Harris erzählte ihm, daß Mr. Brown in Kenosha ihre einzige Hoffnung gewesen sei, und jetzt, da diese Hoffnung dahingeschwunden, sei sie am Ende ihres Lateins. Sie zeigte ihm den Brief von der Luftwaffe, in dem man wissen wollte, welchen von den 453 George Browns, die einmal bei der Luftwaffe gedient hatten, sie meine, und sie bat, seinen Geburtsort, Geburtsdatum, Datum seiner Einberufung, wo er im Ausland und zu Hause stationiert gewesen sei und so weiter mitzuteilen.

Mr. Schreiber sah sich das amtliche Schreiben an und höhnte: «Ach, die Kerle würden nicht einmal jemanden finden, den sie direkt vor der Nase hätten. Nun, lassen Sie mich das nur machen. Meine Firma hat Filialen in allen Großstädten der USA. Wenn wir ihn nicht finden können, kann es niemand. Wie war sein Name? Wissen Sie sonst noch etwas von ihm – wo er stationiert war, vielleicht, oder wie alt er war, als er heiratete, oder irgend etwas anderes, das uns helfen würde?»

Mrs. Harris mußte beschämt zugeben, daß sie nichts weiter von ihm wußte, als daß er George Brown hieß, im Jahre 1950 eine Zeitlang auf einem amerikanischen Flugstützpunkt in England stationiert gewesen war und eine Kellnerin namens Pansy Cott geheiratet hatte, die ihm den kleinen Henry gebar, sich aber weigerte, ihn nach Amerika zu begleiten. Sie war dann von ihm geschieden worden, hatte sich wieder verheiratet, und seitdem war sie spurlos verschwunden.

Als Mrs. Harris diese armseligen Details aufzählte, wurde ihr noch mehr bewußt, wie töricht sie sich von ihrem Enthusiasmus hatte hinreißen lassen und die Sache gehandhabt hatte. «Ach», sagte sie, «ich bin doch eine Närrin gewesen. Ich muß mich wirklich schämen. Wenn ich Sie wäre, würde ich uns alle zum Teufel jagen.»

«Ich finde, was Sie getan haben, ist ganz wundervoll, Mrs. Harris», protestierte Mrs. Schreiber. «Meinst du nicht auch, Joel? Kein anderer hätte das fertiggebracht.»

Mr. Schreiber nickte nur leicht, was bedeutete, daß er ein wenig daran zweifelte, aber seiner Frau nicht widersprechen wollte, und dann sagte er: «Das ist ein bißchen mager, um damit weiterzukommen. Aber wenn jemand diesen Burschen finden kann, dann nur unsere Firma», und zu dem kleinen Henry sagte er: «O. K., mein Junge. Morgen ist Sonntag. Da werden wir mit einem Schläger, einem Ball und einem Handschuh in den Central Park gehen und sehen, ob du mich schlagen kannst. Ich war als Kind ein recht guter Baseballspieler.»

17

Kurz vor einem der geschäftlichen Abendessen bei Schreibers machte sich Kentucky Claiborne endgültig bei Mrs. Harris verhaßt. Sie war ihm schon seit langem gram, aber jetzt gab es an ihrer Feindschaft nichts mehr zu rütteln.

Wie gewöhnlich war er ungewaschen und ungekämmt in seinen Blue Jeans, den Cowboystiefeln und der speckigen Lederjacke erschienen, aber diesmal schon eine Stunde vor der festgesetzten Zeit, und das aus zwei Gründen: einmal weil er sich gern volltankte, ehe die Schnäpse gereicht wurden, wobei er immer nur einen auf einmal bekam, und zum anderen, weil er seine Gitarre nach Schreibers Flügel stimmen wollte, denn Mr. Schreiber hatte einige bedeutende Vertreter und Leiter von Fernsehstudios eingeladen und Kentucky dazu überredet, nach dem Abendessen zu singen.

Kentuckys Lieblingsgetränk war Whisky. Nachdem er vier Becher davon fast unverdünnt getrunken hatte, stimmte er sein Instrument, schlug ein halbes Dutzend Akkorde an und begann eine Ballade von Liebe und Tod zu singen, bei der es um die verfeindeten Hatfields und McCoys ging. Während er sang, spürte er plötzlich, daß ihn ein kleiner Junge, der einen etwas zu großen Kopf hatte, mit großen interessierten Augen anblickte. Kentucky unterbrach sich inmitten eines Gemetzels, bei dem die McCoys eine ganze Schar der Hatfields umbrachten, und sagte: «Hau ab, Junge.»

Der kleine Henry, der mehr überrascht als gekränkt war, erwiderte: «Weshalb? Kann ich nicht hierbleiben und zuhören?»

«Weil ich gesagt habe: hau ab, Junge. Darum!» und dann fügte er, als ob sein Ohr ihn plötzlich an etwas erinnerte, hinzu: «Sag mal, sprichst du Englisch? Bist du Engländer?»

Der kleine Henry, der stolz darauf war, blickte Kentucky Claiborne an und erwiderte: «Ja, das bin ich – und was geht Sie das an?»

«Was mich das angeht?» sagte Kentucky Claiborne mit bedrohlicher Liebenswürdigkeit. «Wenn's etwas gibt, das ich noch mehr hasse als die Niggersprache, dann ist es die Sprache der Engländer, und wenn's etwas gibt, das ich noch mehr hasse als Nigger, dann sind es die Engländer. Ich habe dir gesagt, du sollst abhauen.» Und darauf beugte er sich vor und versetzte Henry eine saftige Ohrfeige, wobei dem Jungen Hören und Sehen verging. Und wie einst bei den Gussets begann er zu schreien, und um das Geschrei zu übertönen, stimmte Kentucky instinktiv die nächste Stanze an, in der die Hatfields sich an den McCoys rächten und sie niedermetzelten. Mrs. Harris, die in der Anrichte beim Zurechtmachen von belegten Brötchen half, glaubte ihren Ohren nicht zu trauen, und einen Augenblick lang war es ihr, als wäre sie wieder in ihrer eigenen Wohnung in Battersea, Willis Gardens Nr. 5, hörte Rundfunk und tränke mit Mrs. Butterfield Tee, denn sie hatte ganz deutlich das Katerjaulen von Kentucky Claiborne vernommen, danach das Knallen einer Ohrfeige und das Geschrei eines geschlagenen Kindes, dem eine Musik *forte crescendo* folgte. Dann aber merkte sie, wo sie wirklich war und was geschehen sein mußte, obgleich sie es einfach nicht glauben konnte. Und sie lief aus der Anrichte in das Musikzimmer, wo sie einen weinenden Henry, dessen eine Backe von der Ohrfeige dunkelrot war, und einen auf seiner Gitarre klimpernden lachenden Kentucky Claiborne vorfand. Er hielt mit seinem Spiel inne, als er Mrs. Harris sah, und sagte: «Ich habe dem kleinen Bastard gesagt, er soll abhauen, aber er hatte Wachs in den Ohren, und so mußte ich ihm eine kleben. Sorgen Sie dafür, daß er das Zimmer verläßt – ich übe.»

«Das ist ja die Höhe», schrie Mrs. Harris, und dann begann sie zu toben: «Sie dreckiges Scheusal, ein wehrloses Kind zu schlagen! Wenn Sie ihn noch einmal anrühren, kratze ich Ihnen die Augen aus!»

Kentucky lächelte, ein ruhiges, gefährliches Lächeln, und ergriff sein Instrument mit beiden Händen am Hals. «Verdammt noch mal», sagte er, «in diesem Haus wimmelt es ja von Engländern! Ich habe dem Jungen gerade gesagt, wenn's etwas gibt, das ich mehr hasse als einen Nigger, dann ist es ein Engländer. Scheren Sie sich hinaus, oder ich zerschlage diese Gitarre auf Ihrem Kopf.»

Mrs. Harris war nicht feige, aber auch nicht dumm. In ihrem langen Leben in London hatte sie es oft genug mit Betrunkenen, Raufbolden und schlechten Schauspielern zu tun gehabt, und sie erkannte sofort, wenn ein Mann gefährlich war. Darum ließ sie ihre Vernunft walten, nahm den kleinen Henry an die Hand und ging hinaus. Als sie sicher und geborgen im Gesindeflügel waren, tröstete sie ihn, kühlte sein Gesicht mit Wasser und sagte: «Ach, mein Liebling, mach dir nichts draus. Das ist ein Scheusal. Ada Harris vergißt so etwas nie. Es kann eine Woche, einen Monat, ja, ein Jahr dauern – aber wir werden es ihm heimzahlen. Einen wehrlosen Jungen zu schlagen, weil er Engländer ist!»

Hätte Mrs. Harris über ihre Vendetten Buch geführt, hätte man gesehen, daß alle früher in die Tat umgesetzt worden waren, als sie es sich gelobt hatte. Kentucky Claiborne hatte sich selbst in ihre schwarze Liste eingetragen, denn sein Verbrechen war, wie Mrs. Harris fand, unverzeihlich, und er würde dafür bezahlen müssen – irgendwie und irgendwann würde ihm der Garaus gemacht.

18

Bis zu dieser Zeit hatte Mrs. Harris wegen der Sorgen um den kleinen Henry und den Marquis, und weil sie Mrs. Schreiber helfen mußte, die Wohnung in Ordnung zu bringen und sauberzuhalten, von New York wenig gesehen: Das breite Tal der Park Avenue, zu deren beiden Seiten die hohen Appartementhäuser aufragten, und der endlose Strom des Verkehrs in beiden Richtungen, der Tag und

Nacht dem «Halt» und «Weiterfahren» der roten und grünen Ampeln gehorchte, die Läden in der nahen Lexington Avenue und die Radio City Music Hall, in der sie ein paarmal mit Mrs. Butterfield gewesen, war alles, was sie von Manhattan kannte.

Weil sie so viel zu tun hatte und alles so anders war, als sie es gewohnt gewesen, hatte sie keine Zeit gehabt, von der Stadt überwältigt zu werden. Aber nun änderte sich das. Es waren die George Browns, die Mrs. Harris mit diesem Babylon, das New York hieß, bekannt machten.

Es war eine verhältnismäßig friedliche Zeit jetzt, da der kleine Henry zum Hause gehörte, während die Filialen der Firma, die sich wie ein Netz über das ganze Land spannten, in der Vergangenheit der in ihren Städten ansässigen George Browns forschten, um den verschollenen Vater ausfindig zu machen.

Obwohl er bei Mrs. Harris schlief und seine Mahlzeiten mit ihr und Mrs. Butterfield einnahm, war der kleine Henry jetzt mehr in der Schreiberschen Wohnung. Er durfte in der Bibliothek stöbern und begann viele Bücher zu verschlingen. Sehr oft nahm Mrs. Schreiber ihn zu Einkäufen oder in eine Nachmittagskinovorstellung mit, während es zu einem ständigen Sonntagsritus wurde, daß er und Mr. Schreiber mit Ball, Schläger und Handschuh auf die Schafsweide im Central Park gingen, wo der kleine Henry, der ein Adlerauge hatte und prächtig spielen konnte, den Ball, hinter dem Mr. Schreiber dann herjagen mußte, in alle vier Ecken des Feldes schlug. Das war ausgezeichnet für Mr. Schreibers Gesundheit und sehr gut für sein inneres Wohlbefinden. Danach fütterten sie die Affen im Zoo, schlenderten durch den Park oder mieteten sich ein Boot und paddelten auf dem See. Und bald waren der Mann und der Junge unzertrennliche Freunde.

Mrs. Harris, die sich jetzt weniger um den Jungen kümmern mußte und mehr Zeit für sich hatte, da sie vor allem Beraterin des Personals war, das sorgfältig auszuwählen sie Mrs. Schreiber geholfen hatte, kam zu der plötzlichen Erkenntnis, daß sie die Suche nach dem Vater des kleinen Henry recht vernachlässigt hatte.

Es war ja sehr gut und schön, daß Mr. Schreiber sagte, wenn der Mann überhaupt zu finden sei, dann nur durch seine Firma. Aber schließlich war sie vor allem darum nach Amerika gekommen, um sich selber auf die Suche zu machen, eine Suche, von der sie einmal stolz behauptet hatte, sie werde sie zu einem erfolgreichen Abschluß bringen.

Sie erinnerte sich daran, wie sehr sie davon überzeugt gewesen war, daß sie nur nach Amerika zu fahren brauchte, um die Probleme des kleinen Henry zu lösen. Nun, jetzt war sie in Amerika, führte ein üppiges Leben und ließ die Zügel schleifen, während andere die

Arbeit taten, die sie selber so zuversichtlich begonnen hatte. Das mindeste, was sie tun konnte, war, bei den New Yorker Browns nachzuforschen.

‹Mach dich an die Arbeit, Ada Harris›, sagte sie zu sich selbst. Und darauf nahm sie sich systematisch an Nachmittagen und Abenden und in jedem Moment ihrer freien Zeit die in den Telefonbüchern von Manhattan, Bronx, Brooklyn, Queens und Richmond verzeichneten Geo und G. Browns vor.

Obwohl sie das hätte telefonisch erledigen können, womit sie sich eine Menge Zeit und Kraft gespart hätte, lehnte es Mrs. Harris ab, die über ganz New York verstreuten Browns anzurufen und sie zu fragen, ob sie jemals bei der US-Luftwaffe in Großbritannien gedient und eine Kellnerin namens Pansy Cott geheiratet hätten. Sie suchte sie statt dessen persönlich auf, und manchmal gelang es ihr, zwei oder drei solcher Besuche an einem Tag zu machen.

Da sie mit der Londoner Untergrundbahn vertraut war, fürchtete sie sich nicht vor der New Yorker, aber bei den Bussen war es etwas anderes. Und an die Londoner Höflichkeit gewöhnt, geriet sie sehr bald mit einem der Neurotiker am Steuer eines dieser Monstren in Streit. Während er gleichzeitig versuchte, Geld herauszugeben, seinen Münzautomaten zu bedienen, die Türen zu öffnen und zu schließen, Straßennummern auszurufen und sein Vehikel durch die mit Taxen, Limousinen, Zweitonnern und Lieferwagen vollgestopften Straßen hindurchzusteuern, brüllte er sie an, sie solle nach hinten durchgehen oder zurückbleiben, ihm sei es schnuppe.

«Ach, so ist das?» schrie Mrs. Harris zurück. «Wissen Sie, was Ihnen passieren würde, wenn Sie so in London zu mir sprächen? Sie würden sich dann auf dem Hintern sitzend mitten auf der Kings Road finden.»

Der Busfahrer vernahm einen ihm nicht ganz unvertrauten Akzent, drehte sich um und blickte Mrs. Harris an. «Hören Sie, Lady», sagte er, «ich bin im Krieg drüben gewesen. Die Burschen da drüben haben nichts weiter zu tun, als den Bus zu steuern.»

Ungerechtigkeit, die Menschen ihrer eigenen Art widerfuhr, weckte immer Mrs. Harris' Mitgefühl. Sie klopfte dem Fahrer auf die Schulter und sagte: «Es gehört sich zwar nicht, so zu einer Dame zu sprechen, aber es ist auch unmenschlich, daß Sie all das tun müssen — ich würde mich umbringen, wenn ich das müßte. In London würden wir es nicht zulassen, aus einem Menschen eine elende Maschine zu machen.»

Der Fahrer hielt seinen Bus an und warf Mrs. Harris einen erstaunten Blick zu. «Glauben Sie das wirklich?» sagte er. «Es tut mir leid, daß ich so aus der Rolle gefallen bin, aber manchmal geht's mit mir durch. Kommen Sie mit, ich will sehen, daß Sie einen Sitzplatz bekommen.» Ganz vergessend, daß er den Verkehr hinter sich aufhielt, erhob er sich, nahm Mrs. Harris an die Hand, drängte sich mit ihr durch den überfüllten Bus und sagte: «He, einer muß mal aufstehen und der kleinen Dame Platz machen. Sie ist aus London. Soll sie vielleicht einen schlechten Eindruck von New York bekommen?»

Drei Freiwillige erboten sich aufzustehen, Mrs. Harris setzte sich und machte es sich bequem. «Danke schön», sagte sie lächelnd, und der Fahrer sagte: «O.K., Madam», und begab sich wieder an sein Steuerrad. Er war innerlich so beglückt wie ein Pfadfinder, der seine tägliche gute Tat getan hat. Und dieses Gefühl hielt eine ganze Weile an.

In kurzer Zeit sah und erfuhr Mrs. Harris mehr von New York, seinen Einwohnern und seinen fünf Stadtteilen als die meisten New Yorker, die ein ganzes Leben in der Stadt verbracht haben. Da war ein George Brown, der in der Nähe des Fort George im oberen Manhattan unweit des Hudson wohnte, und zum erstenmal genoß Mrs. Harris die wunderbare Aussicht auf diesen prächtigen Fluß an dessen gegenüberliegendem Ufer die glatten Mauern der Jersey-Palisaden aufragten. Und durch einen anderen, der in der Nähe von Spuyton Duyvil wohnte, erfuhr sie etwas von dem merkwürdigen, sich windenden kleinen Fluß, der den Hudson mit dem East River verbindet und so Manhattan zu einer wirklichen Insel macht.

Ein Besuch bei einem weiteren Brown am genau entgegensetzten Ende von Manhattan, Bowling Green, führte sie zu der Battery, diesem großartigen Platz, der von den Wolkenkratzern des Bankviertels überragt wird und an dessen Ende die beiden mächtigen Wasserarme des East und North River, wie der Hudson dort heißt, sich in die Upper Bay ergießen, auf der so viele Ozeandampfer, Frachter, Schlepper, Fährboote, Jachten und dergleichen fahren, wie es sich Mrs. Harris nie hätte vorstellen können. Nicht einmal am Limehouse Reach und den Wapping Docks zu Hause verkehrten so viele Schiffe.

Zum erstenmal in ihrem Leben kam sie sich klein und erdrückt vor. London war eine große graue, sich weit ausdehnende Stadt, größer sogar als diese, aber dort fühlte man sich nicht so winzig, so unbedeutend und so verloren. Die Wolkenkratzer hier, die so hoch waren, daß man nur von einem Flugzeug auf sie hinunterblicken konnte, jeder mit einer Rauch- oder Dunstfahne auf dem Dach, verwirrten Auge und Seele. Was für eine Welt war dies? Wer waren die Menschen, die diese Türme erbaut hatten? Durch die Schluchten rasten und ratterten schwere Bierwagen und gigantische zweistöckige Lastwagen mit Anhängern, Taxis hupten, Polizisten pfiffen, die Schiffe ächzten und tuteten, und mitten darin stand Mrs. Harris aus Battersea allein und ein wenig verängstigt.

In dem Viertel zwischen 135. Street und Lenox Avenue, das als

Harlem bekannt ist, waren alle Browns schokoladenfarben, aber trotzdem interessierten sie sich für Mrs. Harris' Suche. Einige von ihnen waren als Soldaten oder Flieger in England gewesen und hießen Mrs. Harris mit Freuden willkommen, weil sie sie an eine Stadt und eine Zeit erinnerte, da unter den Nazi-Bomben alle Menschen gleich gewesen waren und die Farbe keine Schranke für die Tapferkeit bildete. Einer von ihnen drängte sie aus purem Heimweh, einen rosa Gin mit ihm zu trinken. Aber keiner war der Mann von Pansy Cott.

Durch mehrere George Browns, die in Brighton wohnten, machte Mrs. Harris Bekanntschaft mit der östlichen Grenze der Vereinigten Staaten oder, richtiger gesagt, New Yorks – der Küste, wo die langen grünen Wellen sich am Strand des riesigen und lärmenden Vergnügungsparks brechen – Coney Island.

Der Brown, den sie an jenem Tage aufsuchen wollte, war ein Ausrufer an einer Bude, in der Mädchen Tänze vorführten. Er war ein großer Mann in grellbuntem Seidenhemd und Strohhut, mit Augen, die einen durchbohrten, und er stand auf der Plattform vor der Bude neben einer Anzahl recht widerwärtig wirkender und sehr leicht bekleideter Mädchen und pries den Vorübergehenden laut die Attraktionen an, die sie innen erwarteten.

Mrs. Harris sank das Herz in die Schuhe bei dem Gedanken, daß so ein Kerl der Vater des kleinen Henry sein könnte. Dennoch fühlte sie sich in dem ordinären Betrieb des Vergnügungspark gar nicht so fremd, denn die Schreie der Ausrufer, das Knallen der Schüsse in der Schießhalle, das Gejuchze auf der Achterbahn und das Plärren der Karussellmusik erinnerten sie an White City oder irgendeinen anderen englischen Rummelplatz, nur daß dieser hier zweimal so groß war.

Zwischen den Vorführungen lauschte der Ausrufer George Brown aufmerksam und anscheinend mit Sympathie ihrer Geschichte, denn als sie geendet hatte, sagte er: «Ich bin es nicht. Aber ich möchte den Lumpen finden und ihm eins in die Fresse hauen. Wenn Sie mich fragen: der hat das Mädchen geheiratet und sich dann aus dem Staub gemacht. Ich kenne eine Menge solcher Burschen.»

Mrs. Harris verteidigte den Vater des kleinen Henry energisch, aber der Ausrufer blieb skeptisch. «Hören Sie auf meinen Rat, Madam», sagte er, «und trauen Sie keinem GI. Ich kenne sie.» Mr. Brown war zwar nie in England gewesen, aber seine Großmutter stammte dorther, und das bildete ein Band zwischen Mrs. Harris und ihm.

«Würden Sie die Mädchen gern kennenlernen? Sie sind wirklich reizend. Aber erst gehen Sie mal hinein, und sehen Sie sich die Vorführung an.»

Mrs. Harris verbrachte eine angenehme halbe Stunde in der Bude, in der Mr. Browns Mädchen die wildesten und verwegensten Hula-Hula-Tänze vorführten. Danach wurde sie ihnen vorgestellt und fand, daß sie, wie Mr. Brown gesagt hatte, reizend und gutmütig waren, sich nicht mit ihrer Kunst aufspielten und nicht so ordinäre Worte gebrauchten wie viele der Berühmtheiten, die zu Schreibers Parties kamen. Sie kehrte nach einem interessanten Abend nach Hause zurück, aber in der Suche nach dem Mann war sie keinen Schritt weitergekommen, obwohl der Ausrufer ihr versprochen hatte, nach ihm Ausschau zu halten.

Sie lernte viele Teile von Brooklyn lieben, in die sie ihre Suche führte, denn die älteren und stillen Straßen dieses Stadtteils am anderen Ufer des East River, wo die Backsteinhäuser dicht nebeneinander stehen und hier und dort von Bäumen beschattet werden, erinnerten sie an das London drüben jenseits des Ozeans.

Ein George Brown, den sie aufsuchte, handelte mit Schiffszubehör und wohnte über seinem Laden an der Wasserfront der Lower East Side. Auch hier war sie wieder ein winziges Staubkorn in den großen Schluchten der Wolkenkratzer. Aber als sie auf dem Kopfsteinpflaster an den Docks stand, wo es nach Teer und Gewürzen roch, erblickte sie die riesigen Bogen der herrlichen spinnwebartigen Gerüste der Manhattan- und der Williamsbrücke, über die elektrische Züge und ein Strom von Autos aller Art mit solchem Lärm dahinbrausten, daß es ihr war, als ob es die Stimmen der gewaltigen Brücken selber seien, die zu ihr herunterriefen.

Unter den auf Staten Island wohnenden George Browns war einer Kapitän des von zwei Dieselmotoren angetriebenen Schleppers «Siobhan O'Ryan», der der Joseph P. O'Ryan Schiffahrtsgesellschaft gehörte. Als Mrs. Harris zu ihm kam, war er gerade im Begriff, an Bord zu gehen.

Kapitän Brown war ein netter, muskulöser Mann in den Vierzigern, hatte eine sympathische Frau, die halb so groß war wie er, und bewohnte eine hübsche Wohnung in Sankt George unweit der Landestelle des Fährboots. Sie waren sich schon einmal ganz nahe gewesen, denn die «Siobhan O'Ryan» war einer der Schlepper, der die «Ville de Paris» am Tage von Mrs. Harris' Ankunft in den New Yorker Hafen gezogen hatten, und der scharfäugigen kleinen Putzfrau war der auf das Steuerhaus des Schleppers gemalte ungewöhnliche Name aufgefallen, und sie hatte ihn nicht vergessen.

Auch diese Browns bewegte die Geschichte von dem verlassenen Jungen und Mrs. Harris' Suche nach seinem Vater tief. Die Folge davon war, daß der Kapitän Brown Mrs. Harris zu einer Fahrt auf seinem Schlepper rings um die Manhattan-Insel einlud. Sie nahm die Einladung begeistert an, und so fuhr sie unter den großen East-River-Brücken hindurch, an den gläsernen Gebäuden der Vereinten Nationen vorüber, bestaunte die Triborough-Brücke mit ihren drei Bogen. Dann ging es weiter in den Hudson hinein, an Jersey entlang, unter der George-Washington-Brücke hindurch, wobei sie das durch nichts zu übertreffende Panorama der dicht nebeneinander aufragenden Wolkenkratzer sah, eine so gewaltige Steinmasse, daß es Mrs. Harris die Stimme verschlug und sie nur flüstern konnte: «Selbst wenn man es vor sich sieht, glaubt man, es sei ein Märchen.»

Dies war ein Festtag ihres Amerikaaufenthaltes, aber natürlich war es auch diesmal nicht der richtige Mr. Brown.

Es gab einen George Brown am Washington Square, der Maler war, einen anderen im Konfektionsviertel der 7. Avenue, der sich auf elegante Kleider für stärkere Damen spezialisiert hatte. Einer in Yorkville besaß ein Delikatessengeschäft und wollte durchaus, daß Mrs. Harris gratis seine Mixed Pickles versuche. Einem weiteren gehörte ein Haus am vornehmen Gracey Square. Es war ein alter Mann, der sie ein wenig an den Marquis erinnerte und der, als er ihre Geschichte gehört hatte, sie zum Tee einlud. Er war ein amerikanischer Gentleman der alten Schule, der in seiner Jugend viele Jahre lang in London gelebt hatte und von Mrs. Harris wissen wollte, was sich dort inzwischen verändert hatte.

Sie fand Browns, die im Kriege Flieger, Soldaten und Matrosen gewesen waren, und viele waren natürlich zu jung oder zu alt, um Henrys Vater sein zu können.

Nicht alle waren freundlich zu ihr. Einige wiesen sie grob ab: «Was reden Sie da von einer Kellnerin, die ich in England geheiratet haben soll? Ich habe eine Frau und drei Kinder. Machen Sie, daß Sie wegkommen, sonst bekomme ich noch Ärger.»

Nicht alle, die in London gewesen waren, liebten diese Stadt. Und wenn sie erfuhren, daß Mrs. Harris von dort kam, sagten sie, sie wollten das Drecknest nie wiedersehen.

Sie befragte Browns, die Klempner, Tischler, Elektriker, Taxifahrer, Anwälte, Schauspieler, Radiotechniker, Wäscher, Makler waren, reiche Männer, Männer aus dem Mittelstand, Arbeiter, denn sie hatte die Namen nicht nur aus dem Telefonbuch, sondern auch aus dem Adreßbuch herausgesucht. Sie läutete an allen Arten von Türen, in jedem Stadtteil, und sagte dann jedesmal: «Ich hoffe, ich störe Sie nicht. Mein Name ist Harris – Ada Harris –, ich komme aus London. Ich suche einen Mr. George Brown, der drüben bei der amerikanischen Luftwaffe war und eine alte Freundin von mir geheiratet hat, ein Mädchen namens Pansy Cott. Sind Sie es vielleicht?»

Keiner von ihnen war der, den sie suchte, aber in den meisten Fällen mußte sie Henrys Geschichte erzählen, die fast immer auf interessierte und mitfühlende Ohren stieß, so daß sie, wenn sie wieder ging, das Gefühl hatte, einen neuen Freund gefunden zu haben, und manche baten sie sogar, wieder einmal etwas von sich hören zu lassen.

Wenige geborene New Yorker dringen so tief in ihre Stadt ein, wie es Mrs. Harris tat, die sich ebenso in die Häuser der Reichen in den breiten Straßen der Gegend des Central Parks aufmachte, wo es hell und luftig war, wie in die armseligen Straßen der Unterstadt, in die Slums der Bowery und der Lower East Side.

Sie entdeckte jene kleinen Stadtstaaten inmitten New Yorks, in denen jeweils Leute einer Nation ansässig sind – Yorkville, Klein-Ungarn, das spanische Viertel und Klein-Italien um die Mulberry Street herum. Es gab sogar einen George Brown, der Chinese war und in der Pell Street, im Herzen von New Yorks Chinatown, lebte. So sah sie in einem Monat unermüdlicher Suche nach Henrys Vater einen Querschnitt des amerikanischen Volkes, der ihr den Eindruck bestätigte, den sie von den amerikanischen Soldaten in England gehabt hatte. Im großen und ganzen waren sie nett, freundlich, warmherzig, großzügig und gastlich. Die meisten von ihnen waren sehr bemüht, ihr zu helfen, und viele der George Browns versprachen, sich bei allen ihren Bekannten gleichen Namens in anderen Städten zu erkundigen. So mancher von ihnen sehnte sich wie ein Kind nach Liebe. Sie entdeckte an ihnen ein merkwürdiges Paradox: Auf der Straße hatten sie es so eilig, daß sie für niemanden Zeit hatten, nicht einmal, um stehenzubleiben, wenn ein Fremder sie nach dem Weg fragte – sie rannten einfach weiter, ohne etwas zu sehen oder zu hören. Und blieb einmal einer stehen, dann war er selber ein Fremder. Aber zu Hause waren sie alle freundlich, hilfsbereit, freigebig und besonders gastlich, wenn sie erfuhren, daß Mrs. Harris Engländerin war. Und es machte ihr das Herz warm, zu entdecken, daß die Amerikaner ihre Bewunderung für das Verhalten des englischen Volkes während der Bombardierung Londons nicht vergessen hatten.

Aber da war noch etwas anderes. Nachdem Mrs. Harris ihre Ehrfurcht vor den gewaltig hohen Gebäuden verloren hatte, in denen sie oft in Expreßfahrstühlen hinauffuhr – die erst im dreißigsten Stockwerk zum erstenmal anhielten –, wobei ihr fast übel wurde, ebenso wie vor den dunklen, lärmenden Straßenschluchten, wurde ihr erst die ganze Macht und Größe New Yorks bewußt und vor allem die Jugend dieser Riesenstadt und die tausendfältigen Möglichkeiten, reich zu werden, die sie ihren Bürgern bot.

Wie froh war sie, daß sie den kleinen Henry nach Amerika gebracht hatte. In der geistigen Unabhängigkeit, Wendigkeit, Findigkeit und Entschlossenheit der Menschen dieses Landes spiegelte sich eine jugendliche Kraft, die sich überall durchzusetzen vermochte. Sie selber würde zwar nicht für immer hier leben können, aber der kleine Henry würde hineinwachsen und vielleicht, wenn man ihm nur die Chance gab, selber etwas Großes leisten. Wenn man ihm die Chance gab – diese Sorge blieb, denn das Ende ihrer Suche war immer noch nicht abzusehen. Keiner der George Browns war der richtige oder konnte ihr auch nur einen Hinweis geben, wo oder wie sie ihn finden könnte.

Doch eines Tages geschah es, aber nicht sie entdeckte ihn, sondern kein anderer als Mr. Schreiber. Als er eines Abends nach Hause kam, rief er sie in sein Arbeitszimmer. Seine Frau war schon dort, und sie wirkten beide sonderbar beklommen. Mr. Schreiber räusperte sich mehrmals, und dann sagte er: «Setzen Sie sich, bitte, Mrs. Harris.» Er räusperte sich noch einmal stärker und fügte hinzu: «Nun, ich glaube, wir haben Ihren Mann.»

19

Als Mrs. Harris so plötzlich diese dennoch nicht ganz unerwartete Nachricht vernahm, sprang sie wie von der Tarantel gestochen auf und rief: «Sie haben ihn? Wer ist es? Wo ist er?»

Aber ihre Erregung und Begeisterung fand bei den beiden Schreibers keinerlei Echo. Sie lächelten nicht einmal. «Setzen Sie sich lieber wieder, Mrs. Harris», sagte Mr. Schreiber. «Es ist eine komische Geschichte. Halten Sie sich fest!»

Etwas von der gedrückten Stimmung ihrer Arbeitgeber ging jetzt auf die kleine Putzfrau über. Sie starrte sie ängstlich an und fragte: «Was ist denn? Ist es etwas Furchtbares? Ist er im Gefängnis?»

Mr. Schreiber spielte mit einem Brieföffner und blickte auf einige Papiere auf seinem Schreibtisch hinunter, und als Mrs. Harris seinem Blick folgte, sah sie einen Briefbogen der US-Luftwaffe, genau wie den, den sie bekommen hatte, und dazu eine Fotokopie. Dann sagte Mr. Schreiber freundlich: «Ich glaube, es ist besser, ich sage es Ihnen ... Ach, ich fürchte, es ist jemand, den wir kennen – es ist Kentucky Claiborne.»

Mrs. Harris war wie vor den Kopf geschlagen. Sie wiederholte nur: «Kentucky Claiborne ist des kleinen Henry Vater.» Und dann, als ihr die ganze Bedeutung bewußt wurde, schrie sie auf: «Oh! Was sagen Sie da? Er ist Henrys Vater? Das kann nicht wahr sein.»

Mr. Schreiber sah sie ernst an und sagte: «Es tut mir leid. Ich finde es ebenso schrecklich wie Sie. Er ist nichts als ein alberner Affe. Er wird dieses prächtige Kind zugrunde richten.»

Entsetzen packte Mrs. Harris bei dem Gedanken, daß der Junge, der nach all dem Schrecklichen, das er hatte erleiden müssen, gerade aufzuleben begann, in die Hände eines solchen Menschen fiel. «Aber sind Sie dessen wirklich sicher?» fragte sie.

Mr. Schreiber schlug mit der Hand auf die vor ihm liegenden Papiere und erwiderte: «Es steht alles in dieser Luftwaffenakte – Pansy Cott, der kleine Henry und alles andere.»

«Aber wie haben Sie es herausbekommen? Wer hat es entdeckt?» rief Mrs. Harris, die immer noch hoffte, daß das alles ein Irrtum sei.

«Ich habe es entdeckt», antwortete Mr. Schreiber. «Ich hätte Detektiv werden sollen, ich habe es immer gesagt, so einer wie Sherlock Holmes. Ich habe eine Nase für solche Sachen. Ich kam dahinter, als er seinen Vertrag unterschrieb.»

«Es war wirklich ein Meisterstück von Joel», fiel Mrs. Schreiber ein. Aber dann wurde ihr Mitgefühl wach, und sie sagte: «Ach, arme liebe Mrs. Harris, und das arme reizende Kind – es tut mir so leid.»

«Aber ich verstehe nicht», sagte Mrs. Harris, «was hat das mit seinem Vertrag zu tun?»

«Er hat ihn mit seinem richtigen Namen, George Brown, unterzeichnet», erwiderte Mr. Schreiber. «Kentucky Claiborne ist nur sein Bühnenname.»

Und darauf erzählte er die ganze Geschichte, und dabei stellte sich heraus, daß er sich wirklich so geistesgegenwärtig und klug verhalten hatte, wie es einem gelernten Detektiv zur Ehre gereicht hätte. Als die letzten Punkte des Vertrages festgelegt waren und Kentucky Claiborne, sein Agent, Mr. Hyman, und die Bataillone von Anwälten beider Parteien sich zur Unterzeichnung des wichtigen Vertrages versammelt hatten, überflog Mr. Schreiber ihn mit seinen kundigen Augen noch einmal, sah den mit Schreibmaschine getippten Namen George Brown und fragte: «Was ist das für ein George Brown?» «Das ist Kentuckys bürgerlicher Name», entgegnete Mr. Hyman. «Die Anwälte sagen alle, er soll mit seinem bürgerlichen Namen unterschreiben, für den Fall, daß später Schwierigkeiten auftauchen könnten.»

Mr. Schreiber sagte, er habe ein merkwürdiges Gefühl im Magen gespürt – nicht, weil er auch nur einen Augenblick wirklich geglaubt habe, Claiborne könne möglicherweise der verschollene Vater sein. Ihm sei allein bei dem Gedanken übel geworden, wie schrecklich es sein würde, wenn unter den Millionen, die es sein könnten, gerade dieser es wäre. Sie fuhren dann mit der Unterzeichnung fort, und als George Brown, alias Kentucky Claiborne, mit Schwung zu der Unterschrift ansetzte, die ihm zehn Millionen einbringen sollte, rutschte der Ärmel seiner speckigen schwarzen Lederjacke zurück, und Mr. Schreiber bemerkte eine in sein Handgelenk eintätowierte Zahl AF 28636794.

«Was ist das für eine Zahl, die Sie da auf Ihrem Handgelenk haben?» hatte Mr. Schreiber gefragt.

Mit einem etwas blöden Lächeln hatte der Hillbilly-Sänger geantwortet: «Das war meine Militärnummer, als ich bei der verfluchten Luftwaffe war. Da ich sie nie behalten konnte, habe ich sie mir auf den Arm tätowieren lassen.»

Geistesgegenwärtig hatte Mr. Schreiber sich die Zahl eingeprägt und sie, sobald der feierliche Akt vorüber und er allein war, aufgeschrieben und sie dann von seiner Sekretärin dem Luftwaffenhauptquartier im Pentagon in Washington mitteilen lassen. Drei Tage später war alles klar. Die Luftwaffe hatte die Fotokopie der Akte geschickt, und Mr. Kentucky Claiborne war wirklich der George Brown, der am 14. April 1950 Miss Pansy Amelia Cott in Tuynbridge Wells geheiratet hatte und dem am 2. September ein Sohn geboren worden war, der auf die Namen Henry Semple getauft wurde. Um auch den letzten Zweifel zu beseitigen, war eine Kopie der Fingerabdrücke und das Foto eines ziemlich verwegen aussehenden GI beigefügt, der kein anderer als Kentucky Claiborne war, nur zehn Jahre jünger und ohne seine Koteletten und seine Gitarre. Mrs. Harris betrachtete die Beweisstücke, während ihr langsam die Größe der Katastrophe aufging, die plötzlich über sie gekommen war. Das einzige Schlimme, was den kleinen Henry treffen konnte, außer daß man ihn zu den armen, lieblosen Gussets zurückbrachte, war, daß er von diesem ungebildeten, selbstsüchtigen, egozentrischen Bauerntölpel aufgezogen wurde, der jeden Ausländer verachtete, der den kleinen Henry auf den ersten Blick gehaßt hatte; der alle und jeden haßte, außer sich selbst; der nur an seine Karriere und seinen Appetit dachte und der jetzt eine riesige Geldsumme bekommen würde, um sie mit vollen Händen zu vergeuden.

Mrs. Harris hatte sich in ihrer romantischen Phantasie den unbekannten Vater des kleinen Henry als einen reichen Mann vorgestellt, der in der Lage wäre, dem Kind ein schönes Leben zu bieten; sie war klug genug, um zu erkennen, daß unbegrenzter Reichtum in den Händen eines solchen Menschen wie Claiborne gefährlicher war als Gift, nicht nur für ihn selbst, sondern auch für den Jungen. Und nachdem sie Henry den furchtbaren Gussets entrissen hatte, sollte sie den kleinen Henry in die Hände dieses Mannes geben? Wenn sie nur nicht den törichten Gedanken gehabt hätte, den Jungen nach Amerika mitzunehmen. Wäre er drüben geblieben, hätte man ihn vielleicht noch retten können.

Mrs. Harris legte das Dokument wieder hin und setzte sich, weil ihre Beine sie nicht mehr trugen. «Ach Gott, ach Gott», sagte sie, und gleich darauf fragte sie mit heiserer Stimme: «Was sollen wir nun tun? Haben Sie es ihm gesagt?»

Mr. Schreiber schüttelte den Kopf und erwiderte: «Nein. Ich glaubte, Sie würden vielleicht erst einmal darüber nachdenken wollen.

Schließlich haben Sie das Kind herübergebracht. Und Sie müssen darum entscheiden, ob Sie es ihm sagen wollen.»

Dadurch gewann Mrs. Harris wenigstens etwas Zeit, und so sagte sie: «Ich danke Ihnen, Sir. Ich werde es mir durch den Kopf gehen lassen.» Und sie stand von ihrem Stuhl auf und verließ das Zimmer.

Als sie in die Küche kam, blickte Mrs. Butterfield auf und stieß einen leisen Schrei aus. «Um Gottes willen, Ada, du bist ja weißer als deine Schürze! Ist etwas Furchtbares passiert?»

«Ja», sagte Mrs. Harris.

«Haben sie den Vater des kleinen Henry gefunden?»

«Ja.»

«Und ist er tot?»

«Nein», stammelte Mrs. Harris, und dann folgten wilde Flüche. «Nein, das ist es eben gerade, er lebt. Es ist der» – neue Flüche – «Kentucky Claiborne.» Daß die Situation so unlösbar schien, daß sie jenen, die so besonders gut zu ihr waren, diese Last aufgebürdet, daß sie alles so verpfuscht hatte, vor allem das Leben des kleinen Henry, machte sie so verzweifelt, daß sie etwas tat, was sie schon lange nicht getan hatte. Sie suchte bei ihrem Talisman, ihrem teuersten Besitz, dem Diorkleid, Zuflucht. Sie holte es aus dem Schrank, breitete es auf dem Bett aus, blickte darauf hinunter und wartete auf eine Botschaft von ihm.

Einst war es unerreichbar gewesen und das Begehrteste und Ersehnteste auf Erden. Aber dann hatte sie es bekommen, denn es lag hier vor ihren Augen, fast so neu und frisch wie an jenem Tage, als sie es in Paris in ihr Köfferchen gepackt hatte.

Auch damals hatte das Kleid sie in ein Dilemma gebracht, das unlösbar schien, und dennoch hatte sich schließlich alles in Wohlgefallen aufgelöst, denn sie hatte es bekommen.

Und da war auch noch die häßliche Brandnarbe in der Samtbahn, die sie nie repariert hatte, damit sie sie an etwas erinnerte, was sie wußte, aber oft vergaß, nämlich, daß die Welt und alles, woraus sie besteht – die Natur, die Elemente, die Menschen –, nie ganz vollkommen sein können und nichts es auch jemals wirklich ist. In jeder Suppe schien ein Haar zu sein. Die Botschaft des Kleides hätte lauten können: ‹Wenn du dir etwas von ganzem Herzen wünschst und dafür arbeitest, wirst du es bekommen. Aber wenn du es bekommst, ist es entweder nicht ganz, was du wolltest, oder es wird etwas geschehen, das dir die Freude versalzt.›

Und während sie nun das Kleid betrachtete, um das sie einst so tapfer gekämpft hatte, wußte sie in ihrem Herzen, daß es noch andere Werte gab, daß es in der Lage, in der sie sich jetzt befand, um etwas ganz anderes ging. In dem Dilemma damals, das im letzten Augenblick aufgetaucht war und gedroht hatte, das ganze Abenteuer des Diorkleides zunichte zu machen, war ihr von einem anderen geholfen worden. Doch in diesem Dilemma, dem sie jetzt gegenüberstand – sollte sie das Kind, das ihr ans Herz gewachsen war, einem Mann geben, der offensichtlich als Vater ungeeignet war, oder es seinen grausamen Pflegeeltern zurückbringen? – wußte sie, konnte ihr niemand helfen – die Schreibers nicht, und erst recht nicht Mrs. Butterfield, nicht einmal Mr. Bayswater oder ihr Freund, der Marquis. Sie mußte selber die Entscheidung treffen, und zwar schnell, und wie sie sich auch entschied, sie wußte, sie würde wahrscheinlich ihren inneren Frieden nie wiederfinden. So mußte es kommen, wenn man sich in anderer Menschen Leben einmischte.

Einen Augenblick lang, als sie auf das leblose, stumme Kleid hinuntersah, kam es ihr fast schäbig vor, wenn sie an die Arbeit und Kraft dachte, die sein Erwerb sie gekostet hatte. Sie allein hatte gelitten, als die häßliche kleine Londoner Schauspielerin, der sie es eines Abends in einer Anwandlung von Großmut geliehen hatte, es ihr zurückbrachte, nachdem sie seine Schönheit durch ihre Nachlässigkeit und Sorglosigkeit zerstört hatte. Das Kleid hatte nichts gefühlt. Aber was immer sie mit dem kleinen Henry Brown machte, ob sie dem abscheulichen, bäurischen und selbstsüchtigen Mann enthüllte, daß Henry sein Sohn war, oder ihn den hassenswerten Gussets zurückbrachte, der kleine Henry würde für den Rest seines Lebens darunter leiden und ebenso sie selber. Es gab viele Situationen, mit denen eine Londoner Putzfrau aus angeborener Schläue und Erfahrung fertig werden konnte, aber diese gehörte nicht dazu. Sie wußte nicht, was sie tun sollte, und auch ihr Talisman wollte ihr keinen Hinweis geben.

Das Kleid gab oberflächliche Aphorismen von sich: ‹Sage nie, ich will sterben; gib den Kampf nicht auf; wenn du beim erstenmal scheiterst, dann versuch es immer wieder; es ist stets ein langer Weg, der zum Ziel führt; ehe es hell wird, ist es am dunkelsten; hilf dir selbst, so hilft dir Gott.›

Aber keiner von diesen brachte wirklichen Trost, keiner von ihnen löste das Problem eines Lebens, das noch gelebt werden mußte – das des kleinen Henry.

Es war ihr jetzt sogar klar, daß sie das Leben des Jungen bei den Gussets zu düster gesehen – andere hätten gesagt, es dramatisiert hatte. War er wirklich so unglücklich gewesen? So mancher Junge hatte Püffe und Schläge einstecken müssen und war dennoch ein großer oder zumindest guter Mann geworden. Henry besaß die Zähigkeit und den guten Charakter, um an solcher Behandlung nicht zugrunde zu gehen. Er wäre bald so groß gewesen, daß Mr. Gusset ihn nicht mehr hätte verprügeln können. Er wäre in die Schule gekommen und dann vielleicht in eine Berufsschule, hätte eine Stellung gefunden und hätte ganz glücklich in der Umgebung gelebt, in die er hineingeboren war, so wie sie und Millionen anderer ihrer Schicht.

Plötzlich überwältigte sie das Gefühl ihres Zu-nichts-nütze-Seins, ihrer Unzulänglichkeit und des Furchtbaren, das sie getan hatte, und sie setzte sich auf das Bett, legte die Hände vors Gesicht und weinte. Sie weinte nicht aus Enttäuschung oder Selbstmitleid, sondern aus Liebe und Mitleid mit anderen. Sie weinte um einen kleinen Jungen, der, schien es, was sie auch immer tun mochte, keine Chance in der Welt haben würde. Die Tränen tropften zwischen ihren Fingern hindurch auf das Diorkleid.

20

Als sie sich dann etwas erholt hatte, kehrte sie zu Mrs. Butterfield in die Küche zurück, und bis tief in die Nacht hinein, lange nachdem der kleine Henry – der nichts von den Gewitterwolken ahnte, die sich über seinem Kopf zusammenzogen – eingeschlafen war, besprachen sie, was aus ihm werden sollte.

In diesem abwechselnd hoffnungsvollen und beklommenen Gespräch, in dem verwegene Pläne und nüchterne Überlegungen einander ablösten, ließ Mrs. Butterfield immer wieder wie eine afrikanische Trommel die gleiche, düstere Melodie erklingen: «Aber, Liebe, er ist doch sein Vater», bis Mrs. Harris, die durch die Erregung, in die die Enthüllung sie versetzt hatte, fast am Rande des Wahnsinns war, rief: «Wenn du das noch einmal sagst, Vi, hänge ich mich auf.»

Mrs. Butterfield schwieg, aber Mrs. Harris sah, wie ihr kleiner Mund weiter stumm den Satz bildete: ‹Aber er ist es doch . . .›

Von Anfang an hatte sich Mrs. Harris gegen das gesträubt, von dem sie wußte, daß sie es tun mußte, nämlich den kleinen Henry seinem rechtmäßigen Vater zu geben und sich um die Sache nicht weiter zu kümmern. Die Schreibers hatten ihr eine Tür offen gelassen. Indem sie Claiborne nichts sagten und es ihr überließen, hatten sie gezeigt, auf wessen Seite sie standen und daß sie niemandem etwas sagen würden und allein sie und Mrs. Butterfield die Wahrheit wußten.

Doch was sollte nun aus dem Jungen werden? Ihn zu den Gussets zurückbringen? Aber wie? Mrs. Harris hatte zu lange in einer Welt der Personalausweise, Lebensmittelkarten, Pässe, Genehmigungen gelebt – einer Welt, in der man nur existierte, wenn man ein Papier besaß, das besagte, daß man existierte. Der kleine Henry existierte amtlich in einer Fotokopie der Akte der amerikanischen Luftwaffe, in einer Londoner Geburtsurkunde und nirgendwo sonst. Er hatte England illegal verlassen und war sogar noch illegaler in die Vereinigten Staaten hereingekommen. Sie wußte genau, daß man, wenn

97

sie versuchten, ihn auf dieselbe Art zurückzubringen, wie sie ihn hergebracht hatten, sie schnappen würde. Ihr selbst war das gleich, aber sie konnte es ihrer schon so heimgesuchten Freundin Violet Butterfield nicht antun.

Den kleinen Henry heimlich bei sich behalten? Selbst wenn es ihnen mit Hilfe von Mr. Schreiber gelänge, ihn nach England zurückzubringen – was wenig wahrscheinlich war –, würden die entsetzlichen Gussets sie nicht in Ruhe lassen. Freilich hatten sie wegen des Kinderraubs keinen Lärm geschlagen, ja, nicht einmal einen Piep von sich gegeben, sonst hätte Mrs. Harris es durch die Polizei gehört. Aber wenn der kleine Henry wieder in Willis Gardens war, würden sie ihn bestimmt zurückfordern, denn sie konnten ihn als Packesel gut gebrauchen.

Gleichzeitig erkannte sie auch, wie falsch ihre Vorstellung von Henrys Eltern gewesen war. Nicht Pansy Cott war die Schuldige, sondern George Brown – ein grundschlechter, ungebildeter, rachsüchtiger Mensch. Es war von Pansy nur klug gewesen, und sie hatte dem Kind damit einen guten Dienst erwiesen, als sie sich weigerte, ihren Mann nach Amerika zu begleiten. Es bestand auch kein Zweifel, daß Brown ihr nicht einmal Geld für den Unterhalt des Kindes geschickt hatte.

Aber eine Entscheidung mußte gefällt werden, und sie, Ada Harris, mußte die Verantwortung dafür auf sich nehmen.

Was es ihr jedoch am schwersten machte, war die Liebe, die sie für den Jungen empfand, und ihr heißer Wunsch, ihn glücklich zu sehen. Ihr Leben war mit dem des Kindes unlöslich verbunden, und jetzt gab es kein Entrinnen mehr. Wie alle Menschen, die mit dem Feuer spielen, wußte sie, daß sie dabei war, sich selber schlimm zu verbrennen.

Und während ihr dies alles durch den Kopf ging, trommelte Mrs. Butterfield immer wieder die gleiche Melodie: «Aber, Liebe, er ist doch sein Vater. Du hast immer gesagt, wie glücklich er sein würde, seinen Sohn wiederzuhaben, und daß er ihn auf der Stelle den Gussets wegnähme. Er hat doch ein Anrecht auf ihn!»

Dies war die nackte, nicht zu umgehende Wahrheit, wie man sich auch drehte und wand, und die Dokumente in Mr. Schreibers Händen besiegelten sie. George Brown und Henry Brown waren durch Blutsbande verbunden, und um vier Uhr morgens war Mrs. Harris so weit, sich in das Unabänderliche zu fügen. Sie stieß einen lauten Seufzer aus und sagte mit einer Demut, die Mrs. Butterfield mehr als alles in ihrer langen Freundschaft rührte: «Ich glaube, du hast recht, Vi. Er muß zu seinem Vater zurück. Wir werden es Mr. Schreiber nachher sagen.»

Aber da spielte Mrs. Harris' gemartertes müdes Herz ihr einen bösen Streich, wie es das Herz so oft tut, wenn es die Grenze dessen, was es ertragen kann, erreicht. Es gaukelte ihr eine Chimäre vor, einen Trost, den sie bitter brauchte. Konnte es nicht sein, daß unter dem besänftigenden Einfluß eines kleinen Jungen George Brown-Kentucky Claiborne ein anderer Mensch wurde? Sofort, und noch ehe sie es selber merkte, war Mrs. Harris wieder in jenem Traumland, dem im Grunde all ihr Kummer entsprungen war. Alles löste sich plötzlich wie von selbst: Claiborne-Brown hatte Henry geohrfeigt, als er ihn für einen kleinen störenden Bettler gehalten hatte, aber seinen eigenen Sohn würde er in die Arme schließen. Er hatte allerdings seinem Haß auf die Engländer wütend Luft gemacht, aber der Junge war ja nur ein halber Engländer.

Sie versank wieder in all den alten Träumen: Der Vater war überglücklich, endlich wieder mit seinem Sohn vereint zu sein, und für den kleinen Henry begann ein besseres Leben, als er es je gekannt hatte. Er würde nie wieder hungern und frieren müssen, er würde für immer den Klauen der greulichen Gussets entrissen sein, er würde in diesem wunderbaren Lande aufwachsen und seine Chance im Leben haben. Was George Brown betraf, so brauchte er den besänftigenden Einfluß des kleinen Henry so sehr, wie der Junge einen Vater brauchte. Er würde sich in allem bessern, um seinem Sohn ein gutes Beispiel zu geben, und so noch mehr zum Idol der amerikanischen Jugend werden, als er es schon war.

Immer stärker war Mrs. Harris davon überzeugt, daß sie im Grunde doch die Rolle der guten Fee gespielt hatte. Sie hatte es erreicht, was sie sich vorgenommen hatte. Sie hatte gesagt: «Wenn ich nur nach Amerika fahren könnte, dann würde ich den Vater schon finden.» Nun, sie war nach Amerika gefahren, sie hatte den Vater des Kindes gefunden, oder zumindest hatte sie als Werkzeug dabei gedient. Der Vater war ein Millionär, wie sie es immer gewußt hatte. ‹Darum trockne deine Tränen, Ada Harris, und sei nicht mehr traurig, sondern lächle und geh zu Bett.›

So lullte das trügerische Herz sie ein und ließ sie tief schlafen, ohne daß sie auch nur im Traum daran dachte, was der nächste Tag ihr bringen würde.

An diesem Tage nach dem Mittagessen wartete George-Kentucky Claiborne-Brown mit einem unbehaglichen Gefühl in Mr. Schreibers Arbeitszimmer in der Park Avenue Nr. 650, wohin man ihn bestellt hatte, und sein Unbehagen wuchs noch, als Mr. und Mrs. Schreiber zusammen mit Mrs. Harris, Mrs. Butterfield und einem fast neunjährigen Jungen namens Henry hereinkamen.

Mr. Schreiber machte seiner Frau und den anderen ein Zeichen, Platz zu nehmen, und sagte zu dem Sänger: «Setzen Sie sich, Kentucky. Wir haben etwas sehr Wichtiges mit Ihnen zu besprechen.»

Und schon begannen die Augen des Sängers zornig zu funkeln. Er wußte genau, worum es ging, aber er wollte nichts davon wissen. Er stellte sich in einer herausfordernden Haltung in eine Ecke des Zimmers und sagte: «Wenn Sie alle über mich herfallen wollen, weil ich dem Kinde eine Ohrfeige gegeben habe, dann überlegen Sie sich das lieber noch mal! Der kleine Bastard hat mich bei meiner Probe gestört. Ich habe ihm gesagt, er solle abhauen, da ist er frech geworden, und ich habe ihm eine geknallt. Und wissen Sie was? Ich würde das noch mal tun. Ich habe Ihnen ja schon gesagt, daß ich Ausländer ebensowenig ausstehen kann wie Nigger. Man soll sie von mir fernhalten, und dann ist alles gut.»

«Ja, ja», erwiderte Mr. Schreiber gereizt. «Wir wissen das alles.» Jetzt da Kentucky den Vertrag unterschrieben hatte, brauchte er nicht mehr besonders rücksichtsvoll mit ihm umzugehen. «Aber das ist es nicht, weshalb ich Sie gebeten habe, heute herzukommen. Es ist etwas ganz anderes. Setzen Sie sich, damit wir in Ruhe darüber sprechen können.»

Erleichtert, daß man ihn nicht hergebeten hatte, um ihn zur Verantwortung zu ziehen, weil er das Kind geschlagen, setzte sich Kentucky rittlings auf einen Stuhl und blickte alle mit seinen kleinen bösen Augen argwöhnisch an.

«Ihr richtiger Name ist George Brown», sagte Mr. Schreiber, «und Sie haben Ihren Militärdienst von 1949 bis 1952 bei der amerikanischen Luftwaffe abgeleistet.»

«Na und?» erwiderte Kentucky.

Mr. Schreiber, der das alles sehr zu genießen schien – es ergötzte ihn geradezu, den Detektiv und den Richter zu spielen –, fuhr fort: «Am 14. April haben Sie in Tuynbridge Wells, als Sie noch bei der Luftwaffe waren, eine Miss Pansy Cott geheiratet, und etwa fünf Monate später ist Ihnen ein Sohn geboren worden, der Henry getauft worden ist.»

«Was?» schrie Kentucky. «Mann, sind Sie verrückt? Da irren Sie sich aber gewaltig. Ich habe von diesen Leuten nie etwas gehört.»

Mrs. Harris war es, als spiele sie in einem Fernsehspiel mit und gleich werde das Stichwort für ihren Text fallen, den sie in Erwartung dieser Szene schon geprobt hatte und den sie für sehr wirksam hielt: Er lautete etwa so: ‹Mr. Claiborne, ich habe eine große Überraschung für Sie, über die Sie vielleicht sehr erstaunt sein werden. In meiner Nachbarschaft in London lebte ein einsames Kind, das hungerte und von seinen grausamen Pflegeeltern geschlagen und mißhandelt wurde, ohne daß sein Vater im fernen Amerika etwas davon wußte. Ich, das heißt wir – Mrs. Butterfield und ich – haben das Kind aus den Klauen der gefühllosen Ungeheuer befreit, in die es gefallen war, und es Ihnen hergebracht. Das Kind ist der kleine Henry hier, niemand anders als Ihr natürlicher Sohn. Henry, geh zu deinem Vater, und gib ihm einen Kuß.›

Während Mrs. Harris diese Worte memorierte, weil sie immer noch in ihrem Traum lebte, zog Mr. Schreiber die Papiere auf seinem Schreibtisch aus einem Umschlag, und Kentucky blickte, durch das Rascheln aufmerksam geworden, hinüber und sah die Fotokopie seiner Luftwaffenakte und außerdem sein Foto. Ihm wurde heiß und kalt dabei. «Ihre Nummer bei der Luftwaffe war AF 28636794, und das entspricht genau der auf Ihr Handgelenk tätowierten», sagte Mr. Schreiber. «Ich habe hier auch Ihren Entlassungsschein und Ihre Heiratsurkunde und die Geburtsurkunde Ihres Sohnes.»

Kentucky starrte Mr. Schreiber an und antwortete: «Na, und wenn schon! Wen geht das was an? Ich bin von der Frau geschieden – sie war eine elende Hure –, die Scheidung ist nach den Gesetzen des Staates Alabama ausgesprochen worden, und ich besitze die entsprechenden Papiere. Was soll das also?»

Mr. Schreiber ließ dennoch nicht locker, sondern fuhr in seinem Verhör unerbittlich fort: «Und der Junge? Haben Sie eine Ahnung, wo er ist oder was aus ihm geworden ist?»

«Das geht Sie einen Dreck an. Kümmern Sie sich um Ihre eigenen Angelegenheiten», fauchte Kentucky. «Ich habe einen Vertrag unterschrieben, um für Ihre lausige Firma zu singen, aber das gibt Ihnen nicht das Recht, mir persönliche Fragen zu stellen. Ich bin legal von der Frau geschieden und habe zum Unterhalt des Kindes beigetragen. Das letzte, was ich von ihm gehört habe, war, daß seine Mutter sich um ihn kümmert und daß es ihm sehr gut geht.»

Mr. Schreiber legte die Papiere hin und sagte, zu Mrs. Harris gewandt: «Jetzt erzählen Sie ihm mal alles.»

Mrs. Harris, die so überraschend das Stichwort bekam, das so ganz anders war als das von ihr erwartete, vergaß völlig ihren Text und platzte heraus: «Das ist eine Lüge! Er ist hier – das ist er, der hier rechts neben mir sitzt.»

Kentucky sperrte den Mund weit auf, starrte die drei mit dem Kind in der Mitte an und brüllte: «Was? Dieser kleine Bastard?»

Und schon sprang Mrs. Harris auf, bereit, ihn zu schlagen, und ihre blauen Augen loderten vor Wut. «Er ist kein kleiner Bastard!» rief sie. «Er ist Ihr Fleisch und Blut, Ihr eheliches Kind, wie es in diesen Papieren steht, und ich habe ihn den weiten Weg von London hierhergebracht.»

Ein Schweigen folgte, währenddessen der Vater den Sohn und der Sohn den Vater ansah, und in beiden Gesichtern spiegelte sich nichts als Abneigung. «Wer, zum Teufel, hat Sie darum gebeten?» schnarrte Kentucky.

Wie es geschah, hätte Mrs. Harris nicht sagen können, aber plötzlich sah sie, die Samariterin und gute Fee, sich in die Defensive gedrängt. «Niemand hat mich darum gebeten», erwiderte sie. «Ich habe es aus freien Stücken getan. Der kleine Kerl wurde von den scheußlichen Gussets geschlagen und verhungerte fast. Wir konnten sein Schreien durch die Wand hören. Da habe ich zu Mrs. Butterfield gesagt: ‹Wenn sein Vater in Amerika das wüßte, würde er es nicht eine Minute länger dulden› – Mrs. Butterfield nickte zustimmend – ‹sondern ihn ihnen sofort wegnehmen.› Und so sind wir nun hier. Was sagen Sie dazu?»

Bevor er etwas antworten konnte, das sich wahrscheinlich nicht hätte wiedergeben lassen, wie sein verzerrter Mund vermuten ließ, schaltete sich Mrs. Schreiber schnell ein, die sah, daß Mrs. Harris nervös wurde und den Faden verlor: «Mrs. Harris und Mrs. Butterfield wohnen direkt neben den Leuten, den Gussets. Sie waren die Pflegeeltern, das heißt, Henrys Mutter brachte das Kind bei ihnen unter, nachdem sie sich wieder verheiratet hatte, und als kein Geld mehr kam und sie unauffindbar blieb, begannen sie den Jungen zu mißhandeln. Mrs. Harris konnte das nicht ertragen, und darum brachte sie ihn her. Sie ist eine gute Frau und will nur das Beste des Kindes . . .»

Hier merkte sie plötzlich, daß ihre Erklärungen genauso lahm und stockend klangen wie die von Mrs. Harris soeben, und sie schwieg verwirrt und blickte ihren Mann hilfesuchend an.

«So ungefähr liegen die Dinge, Kentucky», sagte Mr. Schreiber, in die Bresche springend, «obwohl ich glaube, es ließe sich noch besser erklären. Als Mrs. Harris ihn herüberbrachte, wußte sie nicht, wer sein Vater war. Sie vermutete nur, daß, wenn sie ihn fände und er erfuhr, wie sehr der Junge ihn brauchte, er ihn zu sich nehmen würde.»

Kentucky schnalzte mit der Zunge und knallte in einem seltsamen Rhythmus mit den Fingern, wie er es manchmal tat, wenn er eine Ballade sang. Dann sagte er: «Ach, das hat sie geglaubt?» Er blickte zu Mrs. Harris und Mrs. Butterfield hinüber und fuhr fort: «Wissen Sie, was Sie sind? Zwei alte Hexen, die ihre Nasen in alles stecken. Sie können ihn gleich wieder dorthin zurückbringen, woher er kommt. Ich habe Sie nicht gebeten, ihn herzubringen. Ich will ihn nicht, und ich nehme ihn nicht. Ich bin nur ein dummer Bauernjunge, aber nicht dumm genug, um nicht zu wissen, daß mein Publikum entsetzt wäre, wenn es herausbekäme, daß ich geschieden bin und ein Kind auf dem Buckel habe. Und wenn Sie versuchen sollten, mich dazu zu zwingen, ihn zu nehmen, werde ich erklären, Sie seien ganz gemeine Lügner, werde meinen Vertrag zerreißen, und dann können Sie tüchtig berappen – zehn Millionen hundertprozentige amerikanische Jugendliche werden hinter mir stehen.»

Nach dieser langen Rede ließ Claiborne seine Augen über die kleine Gruppe schweifen, ohne sie auch nur eine Sekunde auf seinem Sohn ruhen zu lassen, und dann sagte er: «So, das wäre wohl alles. Auf Wiedersehn!» Er stand auf und ging mit lässigen Schritten aus dem Zimmer.

Mr. Schreiber ließ seinen Gefühlen freien Lauf: «Dieser schmutzige Lump», sagte er.

Mrs. Butterfield zog ihre Schürze über den Kopf und eilte in die Küche.

Mrs. Harris war aschfahl und sagte immer wieder: «Ich bin eine alte Hexe, die ihre Nase überall hineinsteckt.» Und dann fügte sie hinzu: «Ja, das habe ich getan.»

Aber der Einsamste von allen war der kleine Henry, der mitten im Zimmer stand und dessen große Augen wissender und trauriger wirkten denn je, als er sagte: «Ich möchte ihn nicht als Vater haben.»

Mrs. Schreiber ging zu ihm, nahm ihn in die Arme und weinte. Aber Mrs. Harris, die sich dem endgültigen und vollkommenen Zusammenbruch all ihrer Träume und Illusionen gegenübersah, war viel zu erschüttert, um weinen zu können.

21

Mrs. Harris, die sich von der trügerischen Hoffnung hatte einlullen lassen, daß Kentucky Claiborne sein Kind mit offenen Armen aufnehmen und von da an die Liebe und Güte selber sein werde, wurde es schwarz vor den Augen. Mit letzter Kraft ging sie in ihr Zimmer, zog sich aus, streifte ein Nachthemd über und legte sich ins Bett. Und dann senkte sich gnädig ein Vorhang über alles, was geschehen war. Und das war gut, denn sonst hätte sie die Demütigungen nicht ertragen können, die sie hatte hinnehmen müssen, und den Zusammenbruch der schönen Träume von einem guten Leben für einen kleinen Jungen, die sie so lange gehegt und für deren Verwirklichung sie so viel getan hatte. Sie lag mit weit offenen Augen da und starrte zur Decke, aber sie sah, hörte und sagte nichts.

Auf den schrillen Angstschrei von Mrs. Butterfield hin, die sie so vorfand, kam Mrs. Schreiber in die Küche geeilt.

«Ach, Madam», sagte Mrs. Butterfield, nachdem sie sich etwas beruhigt hatte. «Ich weiß gar nicht, was mit Ada ist. Es ist furchtbar. Sie liegt wie tot da und sagt kein Wort.»

Mrs. Schreiber ging an das Bett, in dem die kleine, dürre Gestalt lag, die jetzt noch kleiner und dürrer wirkte als sonst, versuchte mehrmals, sie aus ihrer Bewußtlosigkeit zu erwecken, und lief dann, da es ihr nicht gelang, zu ihrem Mann und rief Dr. Jonas, den Hausarzt, an.

Der Arzt kam, tat alles, was er für notwendig hielt, und sagte dann zu den Schreibers: «Die Frau hat eine starke seelische Erschütterung erlebt. Wissen Sie, was das gewesen sein könnte?»

«Nur allzu gut», erwiderte Mr. Schreiber, und er erzählte dem Arzt die ganze Geschichte, deren Höhepunkt die Szene mit dem Vater war, der den Jungen um keinen Preis haben wollte.

Der Arzt nickte und sagte: «Ja, jetzt verstehe ich. Nun, wir werden abwarten müssen. Manchmal hilft die Natur auf diese Weise, das Unerträgliche erträglich zu machen. Sie scheint ziemlich kräftig zu sein, und ich glaube, es wird nicht allzu lange dauern, bis sie aus ihrer Bewußtlosigkeit wieder erwacht.»

Aber es dauerte eine Woche, bis der Nebel, der sich auf Mrs. Harris gelegt hatte, sich zu lichten begann, und den Anstoß dazu gab ein unerwartetes Ereignis.

Die Schreibers konnten das Warten kaum ertragen, denn sie brannten darauf, Mrs. Harris zu sagen, was sich inzwischen ereignet hatte, weil sie fest glaubten, daß das, wenn sie erst wieder bei sich wäre, zu ihrer schnellen Genesung beitragen würde.

Es begann mit einem Telefonanruf für Mrs. Harris eines Tages kurz vor dem Mittagessen, den Mrs. Schreiber entgegennahm. Mr. Schreiber war ebenfalls anwesend, denn da sein Büro sich ganz in der Nähe seiner Wohnung befand, kam er meistens zum Mittagessen nach Hause. Eine sehr vornehme englische Stimme sagte: «Entschuldigen Sie bitte, könnte ich vielleicht Mrs. Harris sprechen?»

«Ach, ich fürchte, das geht nicht», antwortete Mrs. Schreiber. «Sie ist nämlich krank. Wer ist dort bitte?»

«Krank, sagen Sie? Hier spricht Bayswater – John Bayswater aus Bayswater, London. Es ist doch hoffentlich nichts Ernstes?»

Mrs. Schreiber bedeckte die Sprechkapsel mit der Hand und sagte zu ihrem Mann: «Es ist jemand für Mrs. Harris. Ein Mr. Bayswater.» Dann sagte sie ins Telefon: «Sind Sie ein Freund von ihr?»

«Ich glaube, ich darf mich als solchen betrachten», antwortete Mr. Bayswater. «Sie hat mich gebeten, sie anzurufen, wenn ich wieder einmal nach New York käme, und mein Arbeitgeber, Marquis de Chassagne, der französische Botschafter, wird gewiß gern hören wollen, wie es ihr geht. Ich bin sein Chauffeur.»

Mrs. Schreiber, die sich jetzt wieder an ihn erinnerte, bedeckte von neuem die Sprechkapsel mit der Hand und sagte ihrem Mann schnell, wer es war.

«Laß ihn herkommen», sagte Mr. Schreiber. «Was kann das schon schaden? Vielleicht könnte es ihr sogar guttun. Man weiß das nie.»

Zwanzig Minuten später erschien Mr. Bayswater in seiner eleganten grauen Whipcorduniform, die schicke Chauffeurmütze in der

Hand, in Schreibers Wohnung und wurde von ihnen in Mrs. Harris'
Schlafzimmer geführt, wo die besorgte und, seit Mrs. Harris krank
war, ständig schnüffelnde Mrs. Butterfield im Hintergrund saß.

Mrs. Harris hatte leichte Nahrung zu sich genommen, Tee und
Butterbrot oder Biskuit, aber sie schien trotzdem noch immer niemanden um sich herum zu erkennen.

Mr. Bayswater hatte selber eine Zeit großer Sorgen durchgemacht,
und diese Sorgen hatten ihn auch nach New York geführt. Der so
vollkommene Rolls-Royce, der prächtigste, den er je gefahren hatte,
gab seit kurzem ein geheimnisvolles Geräusch von sich, ein kaum
vernehmbares Geräusch, das nur das geübte Ohr von Mr. Bayswater
hörte. Es klang ihm wie der Donner eines Sommergewitters und
machte ihn völlig verrückt. Der Gedanke, daß so etwas bei einem
Rolls-Royce passieren konnte, war ihm unerträglich, und das um so
mehr, als er die Ehre gehabt hatte, ihn selber auszusuchen und zu
testen.

Trotz all seinem Wissen, seiner Geschicklichkeit und seiner jahre-
langen Erfahrung hatte er nicht herauszukriegen vermocht, woher
dieses Geräusch kam. Und das hatte ihn so beunruhigt, daß er den
Wagen nach New York gebracht hatte, damit man ihn in der Rolls-
Royce-Werkstatt auf Herz und Nieren untersuchte. Er hatte den Wagen dort abgeliefert und glaubte, daß ein Schwätzchen mit Mrs. Harris ihn von seiner Sorgenlast etwas befreien werde.

Aber jetzt, da er auf dieses blasse Gespenst mit den eingefallenen
Apfelbäckchen und den geschlossenen Augen hinunterblickte, waren
all seine Gedanken an den «kranken» Rolls-Royce wie weggeblasen,
und zum erstenmal seit vielen Jahren spürte er einen seltsamen Stich
im Herzen. Er setzte sich an ihr Bett, nahm die eine ihrer Hände in
seine, wobei er ganz vergaß, daß die Schreibers und Mrs. Butterfield
ihn beobachteten, und sagte mit vor Erregung heiserer Stimme:
«Aber, aber, Ada, das kann doch nicht sein. Was ist denn?» Etwas
in seiner Stimme durchdrang den Nebel. Vielleicht war es der englische Akzent, der den Schlüssel in dem Schloß drehte und die Tür
für Mrs. Harris öffnete. Sie wandte den Kopf, sah Mr. Bayswater
groß an, bemerkte das lockige graue Haar, die Patriziernase und die
dünnen Lippen und sagte mit schwacher Stimme: «Hallo, John. Was
führt Sie her?»

«Eine geschäftliche Angelegenheit», erwiderte Mr. Bayswater.
«Sie haben mir gesagt, ich sollte Sie anrufen, wenn ich einmal her-
käme. Und das habe ich getan, und da hörte ich, Sie seien nicht ganz
wohl. Was ist denn?»

Jetzt machten sich auch die anderen alle bemerkbar. Mrs. Butterfield jammerte: «Ach, Gott sei Dank, Ada, daß es dir wieder besser
geht.» Mrs. Schreiber rief: «Ach, Mrs. Harris, wie wunderbar! Es

geht Ihnen wieder besser, nicht wahr? Wir haben uns ja solche Sorgen gemacht.» Und Mr. Schreiber schrie: «Mrs. Harris, Mrs. Harris, hören Sie mal zu. Es ist alles in Ordnung. Wir haben eine herrliche Neuigkeit für Sie!»

Mr. Bayswaters Gesicht und Stimme hatten ihren Lebensmotor wieder in Gang gebracht, weil sie ihr die so wundervolle Fahrt mit ihm von Washington nach New York und die noch köstlichere Einkehr in ein berühmtes Restaurant an der Autobahn – wo sie eine äußerst schmackhafte Suppe aus Lauch, Muscheln, Kartoffeln und Sahne gegessen hatte – ins Gedächtnis zurückriefen. Es wäre für sie besser gewesen, wenn sie noch etwas länger hätte bei diesen Erinnerungen verweilen können, aber ach, die Rufe der anderen brachen bald den Zauber und machten ihr die Katastrophe wieder bewußt, die sie heraufbeschworen hatte. Sie bedeckte ihr Gesicht mit den Händen und schrie: «Nein, nein. Gehen Sie! Ich kann niemanden in die Augen sehen. Ich bin eine dumme alte Frau, die ihre Nase überall hineinsteckt und die alles verdirbt, was sie anfaßt. Bitte, gehen Sie!»

Doch Mr. Schreiber ließ sich nicht abweisen; er trat näher an das Bett heran und sagte: «Aber Sie verstehen nicht, Mrs. Harris – etwas Wunderbares ist geschehen, seit Sie die Besinnung ... ich meine, seit Sie nicht wohl sind. Etwas ganz Großartiges. Wir adoptieren den kleinen Henry. Er gehört uns. Wenn es Ihnen recht ist, wird er bei uns bleiben. Sie wissen, wir lieben ihn, und er liebt uns. Er wird es gut bei uns haben, und es wird etwas aus ihm werden.»

Mrs. Harris war noch zu krank, um ganz zu begreifen, was Mr. Schreiber sagte. Da es jedoch etwas mit dem kleinen Henry zu tun zu haben schien und seine Stimme so glücklich und heiter klang, nahm sie die Hände vom Gesicht und blickte um sich wie ein scheuer kleiner Affe.

«Es war Henriettas Idee», erklärte Mr. Schreiber, «und gleich am nächsten Tage habe ich noch einmal mit Kentucky gesprochen. Wenn man ihn näher kennenlernt, ist er gar nicht so übel. Er mag nur keine Kinder. Er bildet sich ein, seine Bewunderer würden von ihm abfallen, wenn herauskäme, daß er sich im Ausland verheiratet hat, geschieden worden ist und ein Kind hat, das ein halber Engländer ist. Und so habe ich ihm gesagt, wenn er nichts dagegen hätte, würden wir, Henrietta und ich, den Jungen gern adoptieren und ihn wie unseren eigenen Sohn aufziehen.»

«‹Sie sind eine alte Hexe, die ihre Nase überall hineinsteckt. Bringen Sie den Balg nach England zurück›, hat er zu mir gesagt», flüsterte Mrs. Harris. «Der eigene Vater!»

«Aber Sie verstehen nicht», sagte Mr. Schreiber noch einmal. «Er macht keinerlei Schwierigkeiten. Die Sache regelt sich zu aller Zufriedenheit. Weil der Junge amerikanischer Bürger ist, hat er das Recht, hier zu sein. Kentucky ist sein leiblicher Vater, wie die Luftwaffenakte beweist. Wir haben nach England geschrieben, um eine Geburtsurkunde für den kleinen Burschen zu bekommen. Die für die Adoption notwendigen Papiere werden ausgestellt, und sobald sie fertig sind, wird Claiborne sie unterzeichnen.»

Jetzt endlich hatte Mrs. Harris begriffen, denn sie blickte Mr. Schreiber etwas heiterer an und sagte: «Sind Sie sicher? Ja, bei Ihnen wird er es gut haben.»

«Natürlich bin ich sicher», rief Mr. Schreiber, dem ein Stein vom Herzen fiel, weil sie endlich begriffen hatte. «Der Kerl ist heilfroh, daß er den Jungen los wird, ich meine, er freut sich auch, daß das Kind zu uns kommt.»

Mrs. Schreiber fand, es sei erst einmal genug für Mrs. Harris, und so zupfte sie ihren Mann am Ärmel und sagte: «Wir können später noch eingehender darüber sprechen, Joel. Vielleicht möchte Mrs. Harris jetzt gern ein wenig mit ihrem Freund allein sein.»

Mr. Schreiber, Filmagent, Detektiv und Richter, bewies, daß er auch ein vorbildlicher Ehemann war, und erwiderte: «Gewiß, gewiß. Wir gehen jetzt.»

Als sie gegangen waren und sich auch Mrs. Butterfield taktvoll zurückgezogen hatte, sagte Mr. Bayswater: «Na, sehen Sie, es hat sich alles zum Guten gewendet.»

Etwas von der dunklen Woge der Enttäuschung, die Mrs. Harris verschlungen hatte, überflutete sie noch einmal, denn es war ein so schöner Traum gewesen, und sie hatte sich so lange in ihm gesonnt. «Ich bin eine Närrin», sagte sie. «Jemand, der sich in alles mischt, statt sich um seine eigenen Angelegenheiten zu kümmern! Ich habe allen nur Kummer bereitet. Ich, die so felsenfest davon überzeugt war, Henrys Vater in Amerika zu finden! Gott, wie habe ich alles verpatzt!»

Mr. Bayswater wollte ihr einen kleinen Klaps auf die Hand geben, da merkte er zu seiner Überraschung, daß er sie immer noch in seiner festhielt, und so drückte er sie nur und sagte: «Was für ein Unsinn! So dürften Sie nicht reden. Mir kommt's so vor, als ob Sie nicht nur einen, sondern zwei Väter für den kleinen Henry gefunden hätten. Zwei zum Preis für einen, das ist gar nicht so schlecht.»

Ein leises Lächeln huschte zum erstenmal wieder über Mrs. Harris' Gesicht. Dennoch vermochte sie nicht, ihre Schuldgefühle einfach abzuschütteln. «Es hätte furchtbar ausgehen können», sagte sie, «wenn da nicht Mr. Schreiber gewesen wäre. Was wäre aus dem kleinen Kerl ohne ihn geworden?»

«Was wäre aus dem kleinen Kerl ohne Sie geworden?» sagte Mr. Bayswater, zu ihr hinunterlächelnd.

Auch Mrs. Harris lächelte und erwiderte: «Warum sind Sie nach New York gekommen, John?»

Da überfielen Mr. Bayswater wieder seine eigenen Sorgen, und er strich sich mit der Hand über die Stirn und sagte: «Es ist wegen des Rolls-Royce. Er gibt ein so sonderbares Geräusch von sich, und ich kann nicht herausfinden, woher es kommt. Es macht mich fast wahnsinnig. Eine Woche lang habe ich nun schon danach gesucht, aber vergeblich. Es ist nicht im Vergaserkasten, und es ist nicht im Stoßdämpfer. Ich habe den Motor auseinandergenommen, aber da ist es auch nicht. Ich habe die Bremsen nachgeprüft, das Differenzialgetriebe untersucht. Alles umsonst.»

«Wie hört es sich denn an?» fragte Mrs. Harris, womit sie zeigte, daß sie eine Frau war, die sich auch für Männerdinge sehr wohl zu interessieren vermochte.

«Nun, es ist nicht gerade ein Klopfen oder Kratzen, nicht einmal ein Ticken oder Pfeifen», erklärte Mr. Bayswater. «Aber ich kann es deutlich hören. Und in einem Rolls-Royce dürfte man überhaupt nichts hören, und schon gar nicht in meinem. Es ist irgendwo unter dem Sitz, aber nicht genau, eher etwas weiter hinten. Und ich könnte die Wände hochklettern vor Wut. Es ist, als ob der liebe Gott sagte: ‹Du da, du bist so stolz und bildest dir auf dein Auto so viel ein, das, wie du behauptest, vollkommen ist. Wollen mal sehen, wie du damit fertig wirst, Mr. Prahlhans.› Und dabei bin ich gar kein Prahlhans», sagte Mr. Bayswater, «aber ich liebe die Rolls-Royce-Wagen nun einmal. Mein Leben lang habe ich nichts anderes geliebt. Mein Leben lang habe ich den vollkommenen gesucht, und dieser war es — bis jetzt.»

Der Kummer in dem hübschen Gesicht des Chauffeurs rührte Mrs. Harris' Herz und ließ sie ihren eigenen vergessen, und sie hätte gewünscht, ihn so trösten zu können, wie er sie getröstet hatte. Und da fiel ihr plötzlich etwas ein. «Vor Jahren habe ich einmal bei einer Dame gearbeitet, einer richtigen Mrs. Neureich. Sie hatte einen Rolls-Royce und einen Chauffeur, und eines Tages hörte ich sie sagen: ‹James, hinten im Wagen klappert etwas. Finden Sie heraus, was es ist, sonst kriege ich einen Nervenzusammenbruch.› Und er bekam selber fast einen Nervenzusammenbruch, als er versuchte, die Ursache zu finden. Zweimal nahm er den ganzen Wagen auseinander, und dann entdeckte er ganz zufällig, was es war. Wissen Sie, was?»

«Nein», erwiderte Mr. Bayswater.

«Eine ihrer Haarnadeln war herausgefallen und hinter den Sitz gerutscht. Aber bei Ihnen kann das nicht sein. Der Marquis braucht ja keine Haarnadeln.»

Mr. Bayswater stieß einen saftigen Fluch aus: «Verdammt noch mal!» Und er machte ein Gesicht wie ein zum Tode Verurteilter, der hört, daß der Gouverneur ihn begnadigt hat. «Ich glaube, Sie haben mich auf die richtige Fährte gebracht», sagte er dann. «Der Marquis hat zwar keine Haarnadeln, aber in der vorigen Woche habe ich Madame Mogahdjib, die Frau des syrischen Botschafters, nach Hause gefahren. Ihre Frisur war mit großen Haarnadeln festgesteckt. Ada, mein Mädchen, hier ist der Kuß, den Sie auf dem Schiff nicht bekommen haben.»

Und er beugte sich hinunter und küßte sie auf die Braue. Dann sprang er auf und sagte: «Ich muß das gleich herausbekommen. Ich komme dann später noch einmal wieder», und er stürzte hinaus.

Als sie wieder allein war, dachte Mrs. Harris über die Vollkommenheit nach, nach der die Menschen zu streben schienen, wie es Mr. Bayswaters Kummer über etwas bewies, das die Vollkommenheit des erlesensten Wagens in der Welt zunichte gemacht hatte, und sie dachte, daß nur jenes höhere Wesen vollkommen sei, das manchmal gütig zu den Menschen war, manchmal aber auch nicht und zu anderen Zeiten sogar ein wenig eifersüchtig.

Hatte sie zuviel verlangt? ‹Ja›, antwortete eine Stimme in ihrem Inneren heftig, ‹viel zuviel.› Sie hatte nicht nur die gute Fee zu spielen versucht, sondern geradezu Gott, und die Strafe war der Sünde auf dem Fuß gefolgt. Und dann kehrten ihre Gedanken wieder zu ihrem Diorkleid zurück, das so prächtig und so vollkommen gewesen war, und die verbrannte Stelle in der Samtbahn, die sie daran erinnerte, daß, obwohl das Kleid selber verdorben worden war, sie durch das Abenteuer etwas viel Besseres erlangt hatte, nämlich Freundschaften fürs Leben.

Und von da war es nur noch ein Schritt zu dem Trost, daß ihr der Versuch, den kleinen Henry wieder mit seinem Vater zu vereinen, zwar so gar nicht geglückt, aber dennoch nicht ein völliger Fehlschlag war. Nichts im Leben war je ein vollkommener und hundertprozentiger Erfolg. Aber oft konnte man sich auch mit weniger zufriedengeben, und dies war die größte Lehre, die einem das Leben erteilen konnte. Der kleine Henry war den Gussets entrissen, er hatte Adoptiveltern gefunden, die ihn liebten und ihm helfen würden, ein guter und tüchtiger Mann zu werden; und sie selber hatte ein neues Land und ein neues Volk kennen und lieben gelernt. Und da noch zu murren, war schnödester Undank. Die Schreibers waren glücklich, der kleine Henry war es ebenso, wie sollte sie da selber unglücklich sein, weil ihr lächerlicher, hoffärtiger kleiner Traum zuschanden geworden war?

‹Ada Harris›, sagte sie zu sich, ‹du solltest dich schämen, daß du hier im Bett liegst, wo soviel getan werden muß.› Und sie rief laut: «Violet!»

Mrs. Butterfield kam wie ein Nilpferd glückselig hereingewatschelt. «Hast du mich gerufen, Liebe? Gott sei Dank, du siehst ja wieder wie Ada Harris aus!»

«Wie wärs, wenn du mir eine Tasse Tee machtest, Liebe», sagte Mrs. Harris. «Ich stehe auf.»

22

Dem Zauber des New Yorker Frühsommers mit Mädchen in leichten Sommerkleidern, den Parks voller Blumen und dem klaren, sonnigen Himmel war die erstickende feuchte Julihitze gefolgt. Der Haushalt der Schreibers lief wie am Schnürchen, dank der von Mrs. Harris angelernten und beaufsichtigten Dienstboten. Die letzten Formalitäten der Adoption waren erledigt, der Junge hatte jetzt sein eigenes Zimmer im vorderen Teil der Wohnung, und langsam rückten zwei Ereignisse näher, auf die man sich vorbereiten mußte.

Das eine war das Nahen der Ferien, des alljährlichen Auszuges aus der heißen Stadt ins Gebirge oder ans Meer, wo es kühler war, und das andere, daß am 17. Juli die Besuchervisa der Damen Butterfield und Harris abliefen.

Mr. und Mrs. Schreiber führten mehrere Gespräche darüber, und dann wurden Mrs. Butterfield und Mrs. Harris in Mr. Schreibers Arbeitszimmer gerufen, wo sie von dem Ehepaar mit geheimnisvollen Mienen empfangen wurden.

«Liebe Mrs. Harris und liebe Mrs. Butterfield, bleiben Sie bitte nicht stehen, sondern setzen Sie sich», sagte Mrs. Schreiber. «Mein Mann und ich haben etwas mit Ihnen zu besprechen.»

Die beiden Engländerinnen tauschten einen Blick, und dann ließen sie sich jede vorsichtig auf einer Stuhlkante nieder, und Mrs. Schreiber sagte: «Mein Mann und ich haben in Maine am Meer für den kleinen Henry und uns selbst ein kleines Landhaus gemietet, wo wir mehrere Monate still verbringen wollen. Mein Mann ist sehr überarbeitet, und wir möchten einmal ganz ausspannen. Wir können unsere Wohnung hier ohne Sorge den Dienstboten überlassen, aber wir haben gedacht, ob Sie und Mrs. Butterfield uns nicht vielleicht nach Forest Harbor begleiten würden. Nichts würde uns glücklicher machen.»

Die beiden Frauen tauschten von neuem einen Blick, und dann sagte Mr. Schreiber: «Ihrer Besuchsvisa wegen brauchen Sie sich keine Sorgen zu machen. Ich habe Freunde in Washington, die sie Ihnen um sechs Monate verlängern könnten. Ich hatte das sowieso vor.»

«Und wenn wir im Herbst wieder zurückkommen», fiel Mrs.

Schreiber ein, «dann werden Sie, hoffen wir sehr, weiter bei uns bleiben. Und vielleicht könnten wir Sie sogar dazu überreden, für immer bei uns zu bleiben. Der kleine Henry liebt Sie beide, und wir tun es auch, ich meine, wir haben Ihnen gegenüber eine Dankesschuld, die wir nie bezahlen können. Ohne Sie wäre der Junge nie unser Sohn geworden. Und er bedeutet uns schon heute mehr, als mein Mann und ich zu sagen vermögen. Darum möchten wir auch, daß Sie uns nie wieder verlassen. Sie werden nicht schwer arbeiten müssen, und Sie werden hier immer ein Zuhause haben. Werden Sie bleiben? Werden Sie mit uns auf die Reise gehen?»

In dem Schweigen, das dieser Bitte folgte, wechselten die beiden Londonerinnen zum drittenmal einen Blick, und Mrs. Butterfields Doppelkinn begann zu zittern. Aber Mrs. Harris als Sprecher und Kapitän der Mannschaft hatte sich mehr in der Gewalt, obwohl auch sie sichtlich von dem Angebot gerührt war. «Gott segne Sie für Ihre Güte», sagte sie. «Violet und ich haben seit Tagen von nichts anderem gesprochen. Es tut uns sehr leid, aber wir können es nicht.»

Mr. Schreiber machte ein ehrlich verdutztes Gesicht. «Seit Tagen darüber gesprochen?» sagte er. «Sie haben es doch erst eben von uns erfahren. Wir wußten es bis vor kurzem selber noch nicht...»

«Wir haben es kommen sehen», erwiderte Mrs. Harris. Und Mrs. Butterfield, deren Doppelkinn jetzt bebte, wischte sich mit einem Zipfel ihrer Schürze die Augen und sagte: «Solche lieben guten Menschen!»

«Wollen Sie sagen, daß Sie schon von dem Hause wußten, das wir auf dem Lande gemietet haben und in das wir Sie und Mrs. Butterfield mitnehmen wollten?» fragte Mrs. Schreiber erstaunt.

Ohne jede Verlegenheit antwortete Mrs. Harris: «Man hört so manches im Haus. Kleine Leute haben große Ohren. Wovon reden die Dienstboten außer von dem, was im Hause vorgeht!»

«Und Sie wollen also nicht bleiben?» sagte Mrs. Schreiber leicht bekümmert.

«Es gibt nichts», antwortete Mrs. Harris, «was wir nicht tun würden, um Ihnen Ihre Güte zu vergelten, und daß Sie dem kleinen Henry eine Heimat und eine Chance gegeben haben. Aber wir haben es uns wirklich genau überlegt – dies können wir nicht, wir können es einfach nicht.»

Mr. Schreiber, der seiner Frau Enttäuschung bemerkte, sagte: «Aber warum denn nicht? Mögen Sie Amerika nicht?»

«O doch», erwiderte Mrs. Harris leidenschaftlich. «Das ist es nicht. Es ist wundervoll. So etwas gibt es in der ganzen Welt nicht noch einmal. Stimmts nicht, Violet?»

Mrs. Butterfield war so aufgeregt, daß sie nur nicken konnte.

«Nun, was ist es dann?» drang Mr. Schreiber weiter in sie. «Wenn Sie mehr Geld haben möchten, könnten wir ...»

«Geld!» rief Mrs. Harris entsetzt. «Wir haben schon zu viel bekommen. Wir möchten keinen Penny mehr von Ihnen haben. Es ist nur ... wir haben Heimweh.»

«Heimweh», echote Mr. Schreiber, «wo es Ihnen hier so gut geht. Hier gibt es doch alles.»

«Das ist es eben», sagte Mrs. Harris. «Wir haben hier zu viel von allem. Wir haben Heimweh nach weniger. Unsere Zeit ist um. Wir möchten nach London zurück.» Und plötzlich rief sie, und es klang wie ein Schrei aus tiefster Seele, der Mrs. Schreiber rührte und sogar ihrem Mann nahe ging: «Bitte, bitten Sie uns nicht mehr zu bleiben, und fragen Sie uns nicht, warum wir fort wollen.»

Denn wie hätte sie den Schreibers erklären können, auch wenn sie London kannten und selbst dort gelebt und es geliebt hatten, daß sie sich nach dem stilleren, sanfteren Tempo der großen, grauen, sich weit ausdehnenden Stadt sehnte, wo sie geboren und aufgewachsen war?

Die funkelnden Wolkenkratzer New Yorks, die bis in den Himmel ragten, der nie stillstehende, brausende, lärmende Verkehr und die dröhnenden Schluchten am Fuß der gewaltigen Gebäude putschten die Nerven auf und ließen das Herz schneller schlagen. Die prächtigen Läden und Theater, die Wunder der Supermärkte waren Quellen nicht endender Begeisterung für Mrs. Harris. Wie sollte sie ihnen darum ihre Sehnsucht nach den grauen, armseligen Häusern, die sich meilenlang eins an das andere reihten, oder nach den traulichen, von Bäumen umsäumten stillen Plätzen oder den Straßen, wo jedes Haus in einer anderen Farbe gestrichen war, verständlich machen?

Wie sollte sie's ihren Freunden sagen, daß zu lange anhaltende Begeisterung ihren Reiz verlor, daß sie sich nach der stillen behaglichen Häßlichkeit von Willis Gardens sehnte, wo im Frühling das Hufgetrappel des Pferdes, das den Karren des Blumenhändlers zog, in die Stille hallte und das Vorbeifahren eines Taxis fast ein Ereignis war?

Wie ließen sich all das Hasten und Jagen hier, das Neonlicht, die im Schein der elektrischen Lampen strahlende Stadt mit der gemütlichen Tasse Tee vergleichen, die Mrs. Harris und Mrs. Butterfield abends abwechselnd in ihren Kellerwohnungen in ihrem eigenen kleinen Winkel Londons tranken?

Sie konnte auch nicht, ohne die Gefühle dieser guten Menschen zu verletzen, ihnen sagen, wie sehr sie beide eine andere Freude vermißten, und das war die Freude, ihrer täglichen Arbeit als Aufwartefrauen nachzugehen. In London brachte jeder Tag etwas anderes, ein

neues Erlebnis. Man vernahm von etwas Gutem oder Schlechtem, das geschehen war, etwas, woran man sich entweder freuen oder über das man sich entrüsten konnte. Sie arbeiteten nicht für einen, sondern jede für ein Dutzend oder noch mehr, die alle verschieden in Charakter und Temperament waren. Jeder dieser Kunden hatte seine Hoffnungen, seine Sehnsüchte, seine Sorgen, seine Schwierigkeiten, seine Niederlagen und Siege, und Mrs. Harris und Mrs. Butterfield teilten das alles für eine oder zwei Stunden täglich mit ihnen. Sie lebten so statt einem ein Dutzend verschiedene Leben, reiche und erfüllte Leben, da ihre Arbeitgeber und Arbeitgeberinnen sich ihnen anvertrauten, wie das in London zwischen Arbeitgeber und Putzfrau üblich ist.

Wie würde die neue Freundin von Major Wallace sein? Jene, die er als eine soeben aus Rhodesien eingetroffene Kusine ausgegeben hatte, aber von der Mrs. Harris wußte, daß er sie zwei Abende zuvor in der «Antilope» kennengelernt hatte? Welche neuen Dienstleistungen, die man heiter, energisch und empört ablehnte, würde die Gräfin Wyszcinska am Morgen fordern? Stand im «Express» eine saftige Skandalgeschichte, in der berichtet wurde, wie Lord Soundso von seiner Frau ertappt worden war, als er mit Pamela Soundso hinter den Blattpflanzen auf der hübschen Party in Mayfair flirtete? Mrs. Fford Foulks, die mit den beiden F, eine witzige, attraktive geschiedene Frau, war gewiß dort gewesen, und wenn Mrs. Harris am nächsten Nachmittag erschien, um bei ihr zwischen drei und fünf reinzumachen, würde sie von ihr erzählt bekommen, was wirklich geschehen war, und dazu noch einige der pikanteren Einzelheiten, die der «Express», weil man ihn sonst wegen Beleidigung belangen konnte, hatte verschweigen müssen.

Dann war da der Junggeselle, Mr. Alexander Hero, dessen Arbeit darin bestand, seine Nase in verwunschene Häuser zu stecken. Er hatte ein geheimnisvolles Laboratorium in den hinteren Räumen seines Hauses in Eaton Mews, und sie sorgte für ihn und bemutterte ihn, obwohl er ihr etwas unheimlich war. Aber es war angenehm gruslig, bei jemandem zu arbeiten, der mit Geistern in Verbindung stand, und sie genoß das.

Selbst solche Kleinigkeiten wie, ob Mr. Pilkerton sein verlegtes Toupet wiedergefunden hatte, ob der orangefarbene Zwergpudel der Wadhams wieder genesen war, ein reizender, meistens kranker kleiner Hund, und ob Lady Dants neues Kleid rechtzeitig für den Jagdball fertig sein würde, gaben jedem Tag seinen besonderen Reiz. Und wie aufregend war es auch, wenn man sich plötzlich entschloß, einen Kunden aufzugeben, der einen unfreundlich behandelt oder gegen eine von der Putzfrauengewerkschaft festgelegte Verhaltensregel verstoßen hatte, und was für ein Abenteuer war es, an seiner oder ihrer Stelle einen neuen zu wählen: Der Gang zum Arbeitsvermittlungsbüro, das Verhör des eventuellen Kunden, die endgültige Entscheidung und dann der erste Arbeitstag in der neuen Wohnung, einem wirklichen Schatzkasten von neuen Dingen, an denen sich die Neugier weiden konnte.

Was war in New York, obwohl es die größte Stadt in der Welt war, damit zu vergleichen? Die kleinsten Dinge zogen Mrs. Harris und Mrs. Butterfield nach Hause. Nirgends wurden die Lebensmittel so verführerisch, aber, ach, auch so unpersönlich feilgeboten wie in den gigantischen Supermärkten, wie sie eingekauft hatten. Jedes Lammkotelett, jedes Salatblatt, jede blitzblanke Karotte lag in Zellophan eingepackt, unberührt von Menschenhand, mit Preisschildern versehen, auf den Regalen. Wonach Mrs. Butterfield und Mrs. Harris sich aber sehnten, war das Anheimelnde bei Warbles, dem Gemüseladen an der Ecke mit seiner Auslage von halbvertrocknetem Salat, wenig ansehnlichen Kohlköpfen und welkem Rosenkohl, aber wie duftete es dort nach Gewürzen, und Mr. Warbles bediente einen selber! Ach, und endlich Mr. Hagger wiederzusehen, den Fleischer, der einem ein Kotelett abschnitt, es mit einem «das schönste Stück von einem englischen Lamm, das Sie je gegessen haben» auf die Waage warf, es dann in eine alte Zeitung wickelte, «macht einen Schilling zwei Pence», und es einem mit einer Miene über die Theke reichte, als mache er einem ein großes Geschenk.

Sie hatten die verschiedensten Eßlokale in New York ausprobiert, die palastartigen Childs, wo es Pfannkuchen mit Ahornsirup gab, die Mrs. Harris' Lieblingsspeise geworden waren, die Automaten, wo Roboter mit Kaffee gefüllte Tassen hervorzauberten, und selbst die langen Drugstore-Theken, wo Verkäufer in weißen Kitteln Sodawasser in Schokoladensirup quirlten und göttliche illustrierte Brötchen anrichteten. Aber die beiden in London geborenen Frauen, denen die Stadt wie auf den Leib geschneidert war, sehnten sich nach dem Lärm eines Lyon-Restaurants oder dem warmen Duft und Gestank einer Fischbratstube.

Die Bars und Grills in der Lexington- und der 3. Avenue, die sie manchmal besuchten, um einen Schnaps zu trinken, waren glitzernde Paläste aus Spiegelglas, Mahagoni und Gold, und in jedem konnte man gratis Fernsehen. Aber die Damen Harris und Butterfield hatten Heimweh nach der trüben Muffigkeit der «Krone», die sich ganz in der Nähe ihrer Wohnung befand, und deren gemütliche Bar, wo zwei Ladies friedlich ihr Bier oder ihren Gin schlürfen konnten, während sie sich angeregt unterhielten oder gelegentlich ein Würfelspiel machten.

Die Polizisten von New York waren kräftige, hübsche Männer meist irischer Herkunft, aber es waren keine Bobbies. Mrs. Harris dachte mit immer größerer Wehmut an die kleinen Schwätzchen über lokale Angelegenheiten mit P. C. Hooter, der ihre Straße bewachte. Die Geräusche, die Gerüche, der Himmel, die Sonnenuntergänge und der Regen in London waren ganz anders als die in der Märchenstadt New York, und sie sehnte sich nach ihnen. Sie sehnte sich sogar danach, in dem guten alten Londoner Waschküchennebel herumzuirren.

Aber wie sollte sie dies alles den Schreibers erklären? Vielleicht waren sie mit ihren eigenen Erinnerungen an einen schönen und glücklichen Aufenthalt in London empfänglicher dafür, als sie geglaubt hatte, denn sie ließen sie gewähren und stellten ihr keine Fragen mehr. Mr. Schreiber seufzte nur und sagte: «Nun, wenn Sie gehen müssen, müssen Sie's wohl. Ich werde mich um alles kümmern.»

23

Obwohl das in New York fast jede Woche geschieht, ist es immer ein erregendes und dramatisches Ereignis, wenn ein großer Ozeandampfer in See sticht, und besonders, wenn es das riesigste aller Schiffe ist, die je die sieben Meere durchquert haben, die «Queen Elizabeth».

Vor allem im Sommer, wenn die Amerikaner in Scharen auf Urlaub nach Europa reisen, herrscht hier Hochbetrieb, und die Zufahrtsstraßen zum Pier 90 unter der Hochautostraße an der 50. Street sind von gelben Taxis und prächtigen Limousinen verstopft, die die Passagiere und ihr Gepäck ans Schiff bringen. Auf dem Pier wimmelt es von Reisenden und Gepäckträgern, und an Bord des Riesendampfers ist es, als ob eine riesige Gesellschaft stattfände, die durch die Wände der Flure und Kabinen in kleinere unterteilt ist, da in jedem Raum die Abreisenden ihre Freunde mit Champagner, Whisky und belegten Brötchen bewirten. Von diesen Abschiedsparties an Bord eines Schiffes geht eine besondere, ansteckende Heiterkeit aus. Wirkliche Ferienstimmung tut sich auf ihnen kund, aber von all denen, die auf der am 16. Juli ausfahrenden «Queen Elizabeth» stattfanden, war keine heiterer und fröhlicher als jene in Kabine Nr. A 11, der größten und besten in der Touristenklasse, wo nachmittags um drei Uhr, zwei Stunden vor der planmäßigen Abfahrt, die Damen Harris und Butterfield unter einer Fülle von Orchideen- und Rosensträußen Hof hielten.

Reporter kommen am Abfahrtstag nicht in die Touristenklasse: Ihre Aufmerksamkeit gilt allein den Berühmtheiten, die man nur in der Ersten Klasse antrifft. Aber in diesem Fall ließen sie sich etwas entgehen, denn die zu Mrs. Harris' Abschiedsparty versammelten Gäste waren nicht nur berühmt, sondern auch sehr verschieden. Da war zum Beispiel der französische Botschafter in den Vereinigten Staaten, Marquis Hipolyte de Chassagne, in Begleitung seines Chauffeurs, Mr. John Bayswater aus Bayswater in London.

Ferner hätten sie Mr. Joel Schreiber angetroffen, den Präsidenten der Nordamerikanischen Film- und Fernseh-Gesellschaft, dem erst vor kurzem hohes Lob gespendet worden war, weil er Kentucky Claiborne für zehn Millionen Dollar an seine Firma gebunden hatte, und mit ihm seine Frau, Henrietta, und beider fast neunjährigen Adoptivsohn, Henry Brown-Schreiber.

Es war ein Glück, daß die scharfäugigen Reporter der New Yorker Presse diese Familie nicht zu Gesicht bekamen, sonst hätten sie sicherlich fragen müssen, wie sich der Sohn von Lord Dartington of Stowe und Enkel des Marquis de Chassagne, dessen Ankunft in den Vereinigten Staaten durch ausführliche Berichte und Fotos besonders hervorgehoben worden war, plötzlich in den Adoptivsohn von Mr. und Mrs. Schreiber verwandelt habe.

Unter den Gästen waren außerdem ein Mr. Gregson, eine Miss Fitt und eine Mrs. Hodge, nämlich der Butler, das Zimmermädchen und die Köchin der Schreibers.

Und schließlich waren viele George Browns aus New York erschienen, die Mrs. Harris auf ihrer Suche nach Henrys Vater kennengelernt und ihrer immer größer werdenden Sammlung internationaler Freunde eingefügt hatte. So Mr. George Brown, der Ausrufer, sehr flott in einem Alpakaanzug mit einem lustigen Band an seinem Strohhut, Kapitän George Brown von der «Siobhan O'Ryan», mit schwellenden Muskeln unter seinem blauen Sonntagsanzug, der seine kleine Frau wie ein Boot hinter sich her zog, der elegante Mr. George Brown vom Gracey Square, zwei Browns aus Bronx; der heimwehkranke, schokoladenfarbene aus Harlem; einer aus Long Island und schließlich eine Familie Brown aus Brooklyn.

Die wahre Identität von Henrys Vater war geheimgehalten worden, aber Mrs. Harris hatte ihnen allen das glückliche Ende der Suche mitgeteilt, und sie waren gekommen, um das zu feiern und sie abfahren zu sehen.

Wenn Mrs. Harris und Mrs. Butterfield, um die sich alles drehte, sämtliche Sträuße aus purpurnen Orchideen, die ihnen ihre Gäste geschickt hatten, angesteckt hätten, wären sie unter der Last zusammengebrochen. Aber Mrs. Harris mit ihrem Sinn für Protokoll hatte bestimmt, daß sie sich nur die ansteckten, die von dem Marquis de Chassagne gekommen waren, weiße Orchideen, die mit Bändern in den Farben Frankreichs, Großbritanniens und der Vereinigten Staaten zusammengebunden waren. Stewards füllten die Gläser immer wieder mit Champagner und reichten die belegten Brötchen herum.

Trinken, und vor allem das Trinken des perlenden Sektes, ist bei solchen Gelegenheiten eine Notwendigkeit, denn kurz vor der Abfahrt neigen die Menschen dazu, immer wieder das gleiche zu sagen, und so kommt keine vernünftige Unterhaltung zustande. Mr. Schreiber zum Beispiel sagte schon zum soundsovielten Male zu dem Marquis: «Der Junge wird ein großer Baseballspieler werden, das können Sie glauben. Er hat ein Auge, wie Babe Ruth es hatte. Ich warf ihm neulich meinen Ball zu und dachte, wenn er Glück hat, wird er ihn streifen. Aber wissen Sie, was er getan hat?»

«Nein», sagte der Marquis.

«Er schneidet ihn, wie es DiMag zu tun pflegte, und schlägt den Ball auf das nächste Grundstück. Was sagen Sie dazu?»

«Erstaunlich», erwiderte der Marquis, der kein Wort von dem verstanden hatte, was Mr. Schreiber sagte, außer daß Henry ein neues Wunder vollbracht hatte, und sich daran erinnerte, daß sogar der Präsident der Vereinigten Staaten von den sportlichen Fähigkeiten des jungen Mannes beeindruckt gewesen zu sein schien.

«Grüßen Sie mir den Leicester Square», sagte Mr. George Brown aus Harlem. «Eines Tages werde ich wieder einmal hinkommen. Man war dort gut zu uns Boys im Kriege.»

«Wenn ich je dem George Brown begegne, der das Kind hat sitzenlassen, werde ich ihm eine kleben», gelobte der Brown aus Coney Island.

«Sie verdienen wirklich großes Lob», sagten die Brooklyner Browns immer wieder.

«Eines Tages kommen wir nach London und suchen Sie auf», prophezeite der eine Brown aus Bronx.

«Whitehall und Buckingham-Palast stehen gewiß noch am gleichen Fleck», seufzte der Brown aus Gracey Square. «Sie werden dort immer stehen.»

«Liebe», sagte Mrs. Schreiber zum viertenmal, «wenn Sie an unserer Wohnung am Eaton Square vorbeikommen, dann werfen Sie ihr eine Kußhand von mir zu. Wer mag jetzt wohl dort wohnen?» Und melancholisch fügte sie hinzu, als ob sie der schönen Zeit nachtrauerte, die sie dort verbracht hatte, als das Leben noch nicht so kompliziert gewesen war: «Vielleicht gehen Sie sogar dorthin und arbeiten bei denen. Ich werde Sie und das, was Sie für uns getan haben, nie vergessen. Aber vergessen Sie auch nicht, zu schreiben, und mir zu berichten, wie alles ist.»

Bayswater stand ziemlich verloren und schweigsam im Hintergrund, denn da der kleine Henry, der eigentlich gar nicht mehr klein war – so sehr war er inzwischen gewachsen – und aus dessen Augen alle Traurigkeit verschwunden war, die beiden Frauen immer wieder küßte und umarmte und alle anderen sie ebenfalls mit Beschlag belegten, schien es unmöglich, an Mrs. Harris heranzukommen, um ihr das zu geben, was er für sie mitgebracht hatte.

Dennoch gelang es ihm, ihren Blick auf sich zu lenken, und als sie ihn ansah, zog er die Brauen hoch und machte unmerklich in Richtung zur Tür eine Bewegung mit der Schulter, die Mrs. Harris trotzdem sofort verstand und worauf sie sich aus der Gruppe löste. «Halt die Stellung eine Minute», sagte sie zu Mrs. Butterfield. «Ich will nur mal sehen, was mit meinem Koffer ist.»

«Du willst doch nicht etwa von Bord gehen?» erwiderte Mrs. Butterfield beunruhigt – aber schon hatte sich die Tür hinter Mrs. Harris geschlossen.

Draußen im Flur sagte Mrs. Harris zu Mr. Bayswater: «Ach, ich wollte Sie schon die ganze Zeit fragen: War es eine Haarnadel?»

Statt darauf zu antworten, griff er in seine Tasche und reichte Mrs. Harris ein kleines Paket. Es enthielt eine Flasche Eau de Cologne, und es hatte den Chauffeur viel Mühe gekostet, denn es war das erste Geschenk in seinem Leben, das er für eine Frau gekauft hatte. An der Flasche war mit einem Gummiband eine große, furchterregend aussehende schwarze Haarnadel befestigt.

Mrs. Harris betrachtete die Nadel genau. «Das ist ja wirklich ein Mordinstrument.»

Mr. Bayswater nickte: «Das ist sie. So etwas verkrümelt sich in einem Rolls-Royce, und das kann dann klingen, als ob er hinten auseinanderbräche. Ohne Sie wäre ich nie darauf gekommen. Das Parfüm ist für Sie.»

«Vielen Dank, John», erwiderte Mrs. Harris. «Und die Haarnadel werde ich als Andenken behalten. Aber nun müssen wir wohl wieder zurückgehen.»

Mr. Bayswater war jedoch noch nicht fertig. Und er begann verlegen in seiner Tasche herumzukramen und sagte schließlich: «Ach, Ada, da ist noch etwas, das ich Ihnen geben wollte, wenn es Ihnen recht ist.» Er zog seine Hand aus der Tasche und hielt etwas darin, das Mrs. Harris mit einem Blick erkannte.

«Es sind die Schlüssel meiner Wohnung», sagte Mr. Bayswater. «Ich habe gedacht, ob Sie vielleicht hin und wieder dort einmal nach dem Rechten sehen könnten – Bayswater, Bayswater Road, Willmott Terrace 64.»

Mrs. Harris blickte auf die Schlüssel in Mr. Bayswaters Hand hinunter und spürte, daß ihr innerlich seltsam warm wurde, wie sie es seit ihrer Jungmädchenzeit nicht mehr erlebt hatte. Auch Mr. Bayswater war sehr seltsam zumute, und er schwitzte ein wenig unter seinem Hemdkragen. Keinem von beiden war bewußt, daß das Überreichen der Schlüssel etwas Symbolisches hatte, aber sie hatten beide das Gefühl, daß dies ein ganz besonderer Augenblick sei. Mrs. Harris nahm ihm die Schlüssel aus der Hand, die sich ganz warm anfühlten, weil er sie so fest umklammert hatte. «Na, ich glaube», sagte sie, «die Wohnung kann jetzt ein bißchen Saubermachen vertragen. Ist es Ihnen recht, wenn ich etwas Staub wische?»

«Ach, so habe ich das nicht gemeint», erwiderte Mr. Bayswater. «Nicht einmal im Traum würde ich Sie darum bitten. Ich dachte nur, wenn Sie gelegentlich dort einmal nachsähen, dann wüßte ich, daß alles in Ordnung ist.»

«Werden Sie noch lange wegbleiben?» fragte Mrs. Harris.

«Nicht so sehr lange», antwortete Mr. Bayswater. «In sechs Monaten bin ich wieder zu Hause. Ich habe schon gekündigt.»

Mrs. Harris machte ein entsetztes Gesicht. «Gekündigt, John? Aber was ist denn in Sie gefahren? Was soll der Marquis ohne Sie machen?»

«Der versteht es», antwortete Mr. Bayswater etwas geheimnisvoll. «Ein Freund von mir wird mein Nachfolger.»

«Aber der Wagen», sagte Mrs. Harris. «Dürfen Sie denn den im Stich lassen?»

«Ach, ich weiß nicht», sagte Mr. Bayswater. «Vielleicht sollte man das alles mehr auf die leichte Schulter nehmen. Die Sache mit der Haarnadel hat mir ein bißchen die Augen geöffnet. Es ist sowieso Zeit, daß ich daran denke, in den Ruhestand zu gehen. Ich habe mir soviel Geld gespart, wie ich brauche, und ich hatte mich auch nur auf ein Jahr verpflichtet. Wenn ich länger wegbliebe, würde ich zuviel Heimweh nach Bayswater haben.»

«Wie ich», sagte Mrs. Harris, «nach Willis Gardens. Ach, ist das gemütlich dort, wenn abends die Vorhänge zugezogen sind und Mrs. Butterfield zu einer Tasse Tee kommt. Etwas Schöneres gibt es nicht.»

«Werde ich Sie wiedersehen, wenn ich zurückkomme?» fragte Mr. Bayswater, und diese Frage zeigte nur allzu deutlich, in welcher Seelenverfassung er war, da er ihr ja bereits die Schlüssel zu seiner Wohnung gegeben hatte.

«Wenn Sie zufällig einmal vorbeikommen», sagte Mrs. Harris heuchlerisch, «es ist Battersea, Willis Gardens Nr. 5. Außer Donnerstags, dem Tag, an dem Mrs. Butterfield und ich ins Kino gehen, bin ich immer abends nach sieben da. Aber wenn Sie mir eine Postkarte schreiben, können wir den Kinobesuch auf einen anderen Tag verschieben.»

«Das werde ich bestimmt tun», erwiderte Mr. Bayswater. «Aber jetzt müssen wir wohl zu den anderen zurück.»

«Ja, das müssen wir wohl.»

Mrs. Harris hielt in ihrer Hand das Unterpfand, daß sie ihn in nicht zu ferner Zukunft wiedersehen würde. Und Mr. Bayswaters leere Tasche verbürgte, daß er, da die Schlüssel nun in ihrem Besitz waren, Ada Harris wiedersehen würde.

Als sie in die Kabine zurückkamen, war Mr. Schreiber gerade bei den letzten Fragen, die er dem kleinen Henry stellte, um dem Marquis eine Freude zu machen.

Zum erstenmal glaubte Mrs. Harris die Veränderung an dem Jungen zu bemerken. Er war viel stämmiger geworden, und sein Gesicht, das in Erwartung von Püffen und Schlägen immer so traurig gewesen war, wirkte jetzt viel heiterer. Der kleine Henry war nie ein Feigling oder eine Heulsuse gewesen – er hatte immer das Schlimmste erwartet, und meistens war es auch so gekommen. Und nach so kurzer Zeit war er nun schon ein richtiger Junge. Es würde gar nicht so lange dauern, und er würde ein ganzer Mann sein.

Mrs. Harris war keine geübte Beterin, und ihre Vorstellung von Gott war etwas verworren und änderte sich immer wieder, aber jetzt kam er ihr so gütig und liebevoll vor, wie jemand nur sein konnte. Und zu diesem Gott, der wie der sanfte, bärtige Vater auf frommen Bildern aussah, sagte sie in ihrem Inneren: ‹Ich danke dir.›

«Was wirst du werden, wenn du groß bist?» fragte Mr. Schreiber.

«Baseballspieler», erwiderte der kleine Henry.

«Wo wirst du stehen?»

Der kleine Henry dachte einen Augenblick nach und antwortete dann: «Im Mittelfeld.»

«Das ist gut», sagte Mr. Schreiber. «Und in welcher Mannschaft wirst du spielen?»

Der kleine Henry wußte das sofort: «Bei den New Yorker Yankees.»

«Hören Sie sich das an», sagte Mr. Schreiber strahlend. «Er ist schon ein richtiger Amerikaner.»

Die Schiffssirene tutete dreimal. Draußen im Flur hörte man Fußgetrappel. Ein Steward schlug an einen Gong und rief: «Besucher bitte von Bord!»

Und während alle zur Tür gingen und Mrs. Butterfield laut schluchzte, sagte Mrs. Schreiber: «Auf Wiedersehn, Mrs. Harris. Gott segne Sie. Und vergessen Sie nicht, sich zu erkundigen, wer jetzt in unserer Wohnung wohnt.»

«Auf Wiedersehn, Madame», sagte der Marquis, beugte sich über sie, nahm ihre Hand in seine und berührte sie mit seinem weißen Schnurrbart. «Sie verdienen es, sehr glücklich zu sein, denn Sie haben anderen so viel Glück gebracht – darunter auch mir, wie ich hinzufügen möchte. Alles in allem war es doch ein richtiger Jux. Ich habe allen gesagt, mein Enkel sei zu seinem Vater nach England zurückgekehrt. Und darum wird es keinerlei Schwierigkeiten mehr geben.»

«Auf Wiedersehn und viel Glück», riefen alle Browns.

«Auf Wiedersehn und viel Glück», sagte auch Mr. Schreiber. «Wenn Sie etwas brauchen, schreiben Sie es mir. Vergessen Sie nicht, wir haben drüben eine Filiale, an die Sie sich jederzeit wenden können.»

Der kleine Henry ging ein wenig scheu auf die beiden zu, denn trotz allem, was er erlebt hatte, war er noch ein kleiner Junge, und es machte ihn verlegen, wenn ihm etwas besonders naheging. Er konnte nicht in seine Zukunft sehen, aber er kannte die Gegenwart ebenso wie die Vergangenheit, aus der diese beiden Frauen ihn befreit hatten, obwohl die Erinnerung an sein Leben bei den Gussets schon zu verblassen begann.

Aber Mrs. Butterfield hatte solche Hemmungen nicht. Sie zog den Jungen an sich, preßte sein Gesicht an ihren bebenden Busen, so daß er kaum atmen konnte, während sie unter Schluchzen ihn wiegte und küßte, bis schließlich Mrs. Harris ihr sagen mußte: «Nun ist es aber genug, Liebe. Er ist kein Baby mehr. Er ist jetzt ein Mann.» Und dafür war ihr Henry sogar noch dankbarer als für seine Errettung.

Er ging zu Mrs. Harris, schlang die Arme um ihren Hals und flüsterte: «Auf Wiedersehn, Tante Ada. Ich hab dich lieb.»

Und dies waren die letzten Abschiedsworte, die gesprochen wurden. Dann verließen alle das Schiff und standen unten auf dem Pier und sahen zu, wie der prächtige Dampfer in den North River, auf dem es von Schiffen wimmelte, rückwärts hineinfuhr. Die heiße Julisonne spiegelte sich in den Schiffsluken, und auf Deck sah man tausend Gesichter wie kleine helle Punkte. Und zwei davon, vorn auf dem Schiff, waren die von Mrs. Butterfield und Mrs. Harris. Die große Sirene des Dampfers heulte dreimal ein Lebewohl, und der Marquis Hipolyte de Chassagne hielt eine kleine Abschiedsrede.

«Wenn es nach mir ginge», sagte er, «würde ich Frauen wie diesen auf einem öffentlichen Platz ein Denkmal setzen, denn sie sind die wahren Heldinnen des Lebens. Sie tun tagaus, tagein ihre Pflicht, sie nehmen Armut und Einsamkeit auf sich, rackern sich für sich und ihre Familien ab, aber sie vermögen trotzdem zu lächeln und zu lachen und Zeit für ihre Träume zu finden.» Der Marquis hielt inne, dachte einen Augenblick nach, seufzte und schloß dann: «Und darum möchte ich ihnen dieses Denkmal setzen. Denn der Mut, von Schönheit und Glück zu träumen, der wird immer bleiben.»

Die «Queen Elizabeth» ließ ihre Sirene noch einmal ertönen. Sie lag jetzt quer zum Pier in der Mitte des Flusses. Ihre Schrauben wühlten das Wasser auf, und sie begann dem Meer entgegenzugleiten. Der Marquis zog seinen Hut.

Mrs. Butterfield und Mrs. Harris waren mit vom Weinen geröteten Augen in ihre Kabine zurückgekehrt, als der Steward erschien.

«Mein Name ist Twigg», sagte er. «Ich bin Ihr Steward. Ihre Stewardeß heißt Evans. Sie wird gleich kommen.» Er starrte auf die Blumenfülle. «Verdammt», sagte er, «das sieht ja aus, als ob hier jemand gestorben wäre!»

«Reden Sie nicht so dummes Zeug», erwiderte Mrs. Harris, «sonst werden Sie erleben, wer hier tot ist. Diese Blumen sind vom französischen Botschafter, wenn Sie es wissen wollen.»

«Hallo, hallo», sagte der Steward, als er den vertrauten Akzent vernahm, und nicht im geringsten beschämt über die Schelte. «Sagen Sie's mir nicht. Lassen Sie mich raten. Ich wette: Battersea. Ich bin aus Clapham Common. Heutzutage trifft man sich doch überall in der Welt. Darf ich, bitte, Ihre Schiffskarten haben?»

Und als er dann ging, sagte er: «Gute Fahrt, Ladies. Sie können sich darauf verlassen, daß Bill Twigg und Jessie Evans gut für Sie sorgen werden. Ein besseres Schiff hätten Sie nicht finden können.»

Mrs. Harris setzte sich auf ihr Bett und seufzte zufrieden. Clapham Common hatte auch ihren Ohren wohlgeklungen. «Ach Gott, Violet», sagte sie, «ist es nicht herrlich, wieder zu Hause zu sein?»

ro
ro
ro

C 53/24

ro
ro
ro

C 2295/1

ro
ro
ro

C 2295/1 a